Dunyas Blick auf die Welt

Dunya mit 16,5 Jahren

Judy Kleinbongardt

Dunyas Blick auf die Welt -

Ein Podenco erzählt

Bibliografische Information der Deutschen Nationalbibliothek:
Die Deutsche Nationalbibliothek verzeichnet diese Publikation in der
Deutschen Nationalbibliografie; detaillierte bibliografische Daten sind im
Internet über http://dnb.dnb.de abrufbar.

Ursprünglicher Titel: Dunya's kijk op het leven -
Het hele leven is een feest © 2013 Judy Kleinbongardt
Übersetzung: Judy Kleinbongardt

Redaktion und Seitenlayout: Judy Kleinbongardt
Umschlaggestaltung: Judy Kleinbongardt
Foto Seite 8: Betty Heideman
Übrige Fotos: Judy Kleinbongardt

© 2015 Judy Kleinbongardt
www.podenco-de.weebly.com
Herstellung und Verlag: BoD Books on Demand Norderstedt

ISBN 9783738659436

Andere Bücher der Autorin:

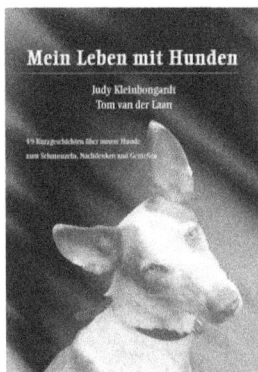

Mein Leben mit Hunden

Judy Kleinbongardt
Tom van der Laan

49 Kurzgeschichten über unsere Hunde
zum Schmunzeln, Nachdenken und Genießen

Mein Leben mit Hunden
Teil 2

Judy Kleinbongardt

... noch mehr Hundegeschichten

Alle Leinen los!

Judy Kleinbongardt

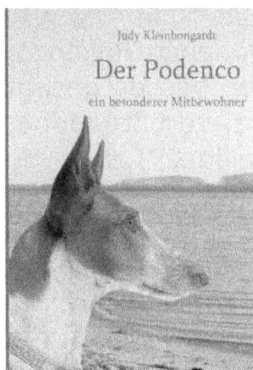

Judy Kleinbongardt

Der Podenco

ein besonderer Mitbewohner

Christiane Gezeck   Judy Kleinbongardt
Annette Miesen-Moray

Dunkel war's,
der Mond schien helle ...

Geschichten, die das Leben schrieb

Judy Kleinbongardt

Tornado auf vier Pfoten

Mein Leben mit Podenco Dunya

Einleitung?

An dieser Stelle eines Buches steht immer eine Einleitung. Warum eigentlich?

In der Einleitung steht, wovon das Buch handelt. Wenn der Inhalt euch nicht anspricht, habt ihr Pech, denn es ist eh zu spät, weil ihr das Buch ja schon gekauft habt. Und wenn euch der Inhalt gefällt, braucht ihr eigentlich keine Einleitung, denn ihr lest ja das ganze Buch.

Aber mein Mensch meint, zu einem richtigen Buch gehört auch eine Einleitung. Also tu ich ihr den Gefallen und stelle mich euch vor, damit ihr wisst, mit wem ihr es auf den folgenden Seiten zu tun habt:

Dunya mein Name. Ich bin ein Podenco Ibicenco, wohne bei Judy Kleinbongardt oder besser gesagt „meinem Menschen" und gebe mir die größte Mühe, etwas Abwechslung in ihr langweiliges Leben zu bringen.

Mein Erscheinen hat das Leben meines Menschen radikal verändert; man kann auch sagen: Ich habe es völlig auf den Kopf gestellt. Anfangs dachte sie noch, sie würde das in den Griff kriegen, weil sie ja bereits jahrelang Hunde hatte. Ja, Hunde schon, aber keine Podencos...

Angefangen habe ich mit der Umgestaltung von Haus und Garten; dann habe ich mich darauf zugelegt, ihr Geduld beizubringen. Das war gar nicht so leicht. Die besten Resultate habe ich erzielt, wenn ich beim Freilauf stundenlang weg blieb.

Jahrelang habe ich eine eigene Rubrik in der „Podencozeitung" gehabt, die mein Mensch zehn Jahre lang herausgegeben hat: „Dunyas Blick auf die Welt – Das ganze leben ist ein Fest".

Und die Kolumnen, die ich dafür geschrieben habe, sind in diesem Buch gebündelt, dazu noch einige Specials. Könnt ihr alles noch mal in Ruhe nachlesen.

Ich wünsche euch viel Spaß beim Lesen. Und gebt ruhig ein paar meiner Tipps an euren eigenen Podenco weiter!

Dunyas Mensch, im Namen von Dunya
Im Jahre 2014

Über dieses Buch

    Als Mitbewohnerin von Dunya möchte ich ihrer Einleitung gern etwas hinzufügen.

    Beim Schreiben meiner Kurzgeschichten über Dunya und meine anderen Hunde versuchte ich, mir vorzustellen, wie Dunya selbst wohl die Situationen erleben würde, über die ich in meinen Büchern berichte. Aus diesen Überlegungen heraus ist schließlich die Kolumne „Dunyas Blick auf die Welt – das ganze Leben ist ein Fest!" entstanden, die jahrelang fester und von den Lesern geliebter Bestandteil der „Podencozeitung" war.

Die Ehre für diese Initiative gebührt übrigens Tom van der Laan, der mich ermutigte, meine Erlebnisse mal aus Dunyas Sicht aufzuschreiben.

Vielleicht erkennen Sie Ihren eigenen Hund in den Geschichten wieder («Ja, *das* könnte er auch denken!»), oder beim Lesen wird Ihre Phantasie angeregt, um zu entdecken, was in Ihrem Podenco vorgeht – oder vorgehen könnte.

Dunya war nicht mein erster Hund, wohl aber mein erster Podenco. Und was passiert – oder passieren kann – wenn ein Podenco Einzug bei Ihnen hält und welchen Einfluss Dunya auf mein Leben hatte, hätte ich mir vorher nie träumen lassen.

Denn Dunya verdanke ich „Die Podencozeitung", mein Rassebuch über den Podenco, vier Bücher mit Hundegeschichten, die Homepage über Podencos, Galgos und Greyhounds und das jährliche Podencotreffen in den Niederlanden.

Wer hätte erwarten können, dass ein einziger kleiner Hund mit übergroßen Ohren und überlangen Beinen, der 1998 in mein Leben wirbelte, soviel Einfluss haben würde, nicht nur auf mich, sondern auch indirekt auf eine große Anzahl von Menschen und das Leben vieler Artgenossen.

Die niederländische Originalausgabe dieses Buches ist bereits 2013 erschienen. Inzwischen hat Dunya mich am 4. August 2014 verlassen, mit 16,5 Jahren. Nach ihrem Tod habe ich in „Tornado auf vier Pfoten" von unserem gemeinsamen Leben berichtet.

Mit der vorliegenden Übersetzung möchte ich nun auch meine deutschsprachigen Leser an Dunyas „Blick auf die Welt" teilhaben lassen.

Danke, Dunya!
Dein Mensch
Judy Kleinbongardt

www.podenco-info.weebly.com
www.podenco-de.weebly.com

Und was war vorher?

Ich habe erst 2002 mit meinen Kolumnen angefangen, als ich schon lange bei meinem Menschen wohnte. Also vielleicht sollte ich euch mal erzählen, wie ich überhaupt in den Niederlanden gelandet bin.

Meine Mutter kam trächtig in eine Auffangstation in Spanien, dort wurde ich also geboren. Gemeinsam mit den anderen Welpen lebte ich in dem Empfangsraum für Besucher, an den sich ein großer Auslauf anschloss. Es war dort immer was los, und ich bekam viel Aufmerksamkeit. Ich habe also keine schlechten Erfahrungen gemacht - wie viele meiner Artgenossen in Spanien -, und so konnte ich als offener, fröhlicher Junghund mein neues Leben in den Niederlanden beginnen.

Und wie! Mein Mensch – damals war sie natürlich noch nicht mein Mensch – hatte noch nicht mal ein Foto von mir gesehen, als ich ankam; meine Pflegemama in Spanien hatte mich für sie ausgesucht. Internet hatte mein Mensch noch nicht, so ging alles schriftlich und telefonisch.

Und sobald ich nach der langen Reise aus dem Flughafengebäude kam, fing ich gleich mit dem Schnüffeln an und zog an der Leine, so fest ich konnte. Mein Mensch sagte: „Mit der werden wir noch unser blaues Wunder erleben". Wenn sie damals gewusst hätte, wie blau das Wunder werden würde... ich denke manchmal, dann hätte sie mich gleich wieder zurück ins Flugzeug verfrachtet...

In meinem neuen Zuhause wohnten außer meinem Menschen noch die Pyrenäenhündin Rubis, der Schäferhundmix Flits und ein paar Katzen. Im Laufe der Jahre hat es viel Veränderungen gegeben, Hunde sind gestorben, neue sind dazugekommen. Ich habe viele Wechsel miterlebt.

Mein Mensch hat allerlei Kurse mit mir besucht und hat vor allem das Weglaufen trainiert. Nein, falsch. *Ich* habe das Weglaufen trainiert, und sie hat versucht, den Rückruf zu trainieren. Aber viel Erfolg hatte sie damit nicht. Ich bin immer wieder abgehauen. Eigentlich fing ich damit gleich beim ersten Freilauf an; denn ich kapierte sofort, ob ich an der Schleppleine lief oder nicht.

Ich habe nie eingesehen, warum ich in ihrer Nähe bleiben sollte. Sie war doch immer da, wenn ich wiederkam, auch wenn das Stunden dauerte. Das war toll, durch die Wälder und über die Heide zu streifen, und mein Mensch durfte dann auf mich warten. Also warum um alles in der Welt sollte ich mir das entgehen lassen und in ihrer Nähe bleiben?!

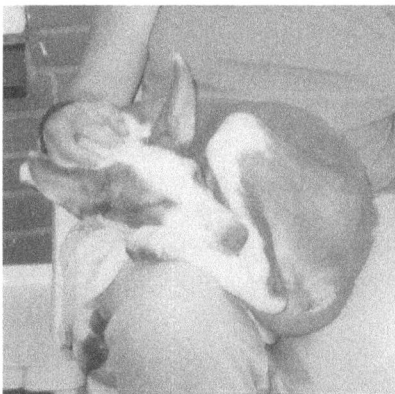

Eine andere Sache war meine Zerstörungswut. Die habe ich auch von Anfang an voll ausgelebt. Obwohl... Zerstörungswut klingt so negativ, so nennt mein Mensch das. Ich würde eher sagen, dass ich ein sehr interessierter Hund bin, der gern alles genau untersucht. Jugend forscht! Und dass dabei ab und an mal was in die Brüche geht, tja...

Auf dem Foto rechts seht ihr mich mit einem aparten Kragen. Es ist der Deckel eines Kartons, aus dem mir ein unwiderstehlicher Geruch in die feine Podenconase stieg. Um dem auf den Grund zu gehen, habe ich mich durch den ganzen Deckel gebissen.

Ich habe eigentlich alles kaputt gemacht, was nicht niet- und nagelfest war, sowohl im Haus als auch draußen, denn den Garten habe ich auch nach meinen eigenen Ideen umgestaltet. Und das, obwohl mein Mensch doch immer Zuhause ist, ich hatte also oft nur ein paar Minuten Zeit dazu. Eigentlich sollte man mir Anerkennung zollen für so eine tolle Leistung. Die bekam ich aber eher weniger...

Aber jetzt bin ich alt und grau und weise. Obwohl, was Letzteres betrifft, hat mein Mensch ihre Zweifel. Aber jedenfalls mache ich viel weniger kaputt,

13

schlafe viel, lange und tief und bleibe beim Freilauf auch nicht mehr stundenlang weg. Ich kann aber noch ganz schön aufdrehen, auch wenn ich es weniger lange durchhalte und... na ja, auch etwas steifer und langsamer bin, das muss ich zugeben. Und es passiert auch schon mal, dass Kaninchen in meiner Nähe herum springen, ohne dass ich das merke. Na und? Mir macht es nicht mehr so viel aus; mein Mensch freut sich und die Kaninchen bestimmt auch.

Ich höre schlechter – nein, ich rede jetzt nicht vom Gehorchen, sondern wirklich vom Hören.

Aber ich schaffe es immer noch, meinen Menschen in Erstaunen zu versetzen. Ist doch toll nach all den Jahren!

Jetzt fangen wir aber endlich mit den Geschichten an, über meine Erlebnisse im schönen Drenthe.

Die Ausziehleine

Mein Mensch hat eine neue Ausziehleine gekauft. Sie machte ein ziemliches Spektakel darüber, also waren meine Erwartungen hoch gespannt. Leider vergebens. Das ist genau so ein blödes Ding wie die alte Leine, will sagen dass ich nicht gehen und stehen oder rennen kann, wo ich will und meinen Menschen als eine Art nutzlosen Anker hinter mir her schleife. Sag ich doch: blödes Ding! Das Band ist etwas breiter, das ist anscheinend für meinen Menschen angenehm, aber für mich macht das überhaupt keinen Unterschied.

«Nun spiel mal schön», sagt mein Mensch dann. Als wenn man an so einem Ding voll aufdrehen könnte! Aber sie hat nun mal null Ahnung von Podencos. Nun habe ich glaube ich auch nicht soviel Ahnung von Menschen, also sind wir quitt.

Die neue Leine hat einen großen Nachteil: Die Bremse funktioniert. Das habe ich heute beim Spaziergang gemerkt. Ganz in unserer Nähe saß ein Kaninchen. Da bin ich mir sicher. Mein Mensch roch nichts (was gar nichts heißt), aber sah wohl an meiner Reaktion, was los war, und stellte die Bremse ein. Wie ich es bei der alten Leine gewohnt war, gab ich also einen starken Ruck an dem Ding, um die Leine durch die Arretierung zu ziehen.

No such luck. Nackenschmerzen war alles, was ich davon hatte.

Ist denn gar nichts Positives zu berichten? Doch, schon. Die neue Leine ist nämlich länger als die alte. Und das wusste Malteser Daisy nicht. Also fängt sie beim Spaziergang wie gewohnt an, mich zu reizen in einer Entfernung, dass ich sie gerade nicht erreichen kann. Was habe ich mich darüber immer geärgert.

Aber jetzt habe ich einen ganzen Meter mehr, und das weiß diese Haarbürste auf Pfoten jetzt auch! Hatte zwar die Schnauze voller Haare hinterher, aber es hat sich gelohnt. Das machen wir jetzt öfter.

Winter in Drenthe

So richtig dicker Schnee. Und ich hätte mal wieder Lust, ein bisschen durch den Wald zu rasen. Aber wie bring ich das meinem Menschen bei? Sie hat so gar kein Verständnis für meine Jagdleidenschaft und meckert schon, wenn ich mal vier oder fünf Stunden weg bleibe. Sagt mal ehrlich: Was sind so ein paar Stunden unter Freunden?!

Ich musste mir unbedingt was einfallen lassen. Also habe ich sie gaaaanz traurig angeschaut und mit demselben Blick zu den anderen spielenden Hunden rüber geschielt. Eigentlich hatte ich nicht viel Hoffnung, dass mein Mensch darauf hereinfallen würde. Sie kennt mich leider nur allzu gut.

Aber dann: «Ja, du willst auch mal wieder mitspielen, nicht wahr?» sagt sie und lässt mich von der Leine. Ich denke, ich trau meinen großen Ohren nicht, sie fällt tatsächlich voll drauf rein! Es hat eine Weile gedauert, aber anscheinend wirft meine Erziehung jetzt doch endlich Früchte ab.

Die spielenden Hunde können mir natürlich gestohlen bleiben. Also ich nichts wie weg, bevor mein Mensch es sich anders überlegt!

Und einen Spaß habe ich gehabt. Habe einen Kaninchenbau ausgegraben. Aber durch das Graben in der dicken Eisschicht habe ich mir die Fußsohlen verletzt und bin schon nach drei Stunden zum Parkplatz zurückgegangen. Mein Mensch freute sich wieder mal unbändig, mich zu sehen.

Leider hat sich auch noch einen Zeh entzündet. Mein Mensch reibt mich dreimal täglich mit so einer ekelhaften Salbe ein, die ich natürlich sofort wieder ablecke. Ihr werdet's nicht glauben, aber jetzt hat sie einen Pantoffel für mich gehäkelt, mit dem muss ich im Haus rum laufen. Und draußen kriege ich einen Gummischuh vom Tierarzt an! Und da meint mein Mensch, dass ich manchmal spinne...?

Herrchen hat mir eine Karte geschickt, mit einer Maus drauf, ausgerechnet: "... um dich ein wenig aufzumuntern". Na ja, er meint es gut, denke ich dann mal. Aber was soll ich damit? Soll ich mir das Ding etwa über meinen Korb hängen?

Meinen Artgenossen gegenüber schäme ich mich zu Tode mit dem Schuh an, könnt Ihr Euch ja vorstellen. Aber ich wäre kein Podenco, wenn ich aus dieser Blamage nicht noch einen Vorteil erzielen könnte. Der besteht darin, dass man so einen Schuh ganz leicht verlieren kann.

Am Anfang verlor ich ihn einfach irgendwo auf dem Spaziergang. Aber ich lerne aus meinen Fehlern, auch wenn mein Mensch das Gegenteil behauptet. Also wähle ich inzwischen die Stellen, wo ich das Teil verliere, viel sorgfältiger aus. Wenn man das zum Beispiel auf dem Rückweg macht, dann dürfen wir den ganzen Spaziergang wiederholen, um den Schuh zu suchen.

Heute hat's zwei Mal geklappt. Erst habe ich den Schuh auf dem Morgenspaziergang verloren, kurz vorm Auto, als mein Mensch nicht mehr so gut aufgepasst hat. Sie hat es tatsächlich erst zuhause bemerkt, sodass wir heute Mittag noch mal dort hin mussten. Ich hatte den Schuh recht gut zwischen den Blättern versteckt, sodass mein Mensch eine Weile suchen musste, während ich inzwischen an der langen Leine rum wuseln konnte.

Und dann folgte natürlich noch der eigentliche Spaziergang. Ich hatte diesen blödsinnigen Pantoffel an, weil ich den angeblich nicht verlieren konnte. Pech gehabt, Mensch! Man ist ja schließlich Podenco und hat eine Ehre. Unnötig zu sagen, dass es mir wieder gelungen ist, das Ding auf dem Rückweg zu verlieren.

Leider fürchte ich, dass ich für heute nichts mehr rausschlagen kann. Mein Mensch hat Schuh und Pantoffel und hat mit Argusaugen aufgepasst, bis ich im Auto war. Da war also nichts mehr zu machen. Ob sie wohl auch aus ihren Fehlern lernt?

Ach, morgen sehen wir weiter...

Neuer Hund: Bonita

Hab' ich Euch schon erzählt, dass mein Mensch einen neuen Hund angeschafft hat? Sie ist zwar ein Greyhound, aber damit ist auch alles gesagt. Kein bisschen Sportgeist. Im Gegensatz zu mir hat sie eine ganz miese Vergangenheit gehabt. Sie hat zwar einen gewissen Jagdtrieb, aber... nun ja, nicht was *ich* Jagdtrieb nenne. Aber lassen wir das.

Ich kann Euch besser von meinem letzten Abenteuer berichten. Es war auf einer großen Wiese. Mein Mensch hatte die Leine nur locker in der Hand; einmal anständig ziehen, und schon war ich frei! Das war vielleicht toll. Ich bin gleich rein in den Wald, und – klasse! – meine drei Kollegen kamen mit.

Dann pfiff mein Mensch. Und, Ihr werdet es nicht glauben, diese Waschlappen rannten doch tatsächlich zu ihr zurück. Blöd, was? Sogar Bonita, die Greyhoundhündin. Also damit hatte ich nicht gerechnet. Wenigstens mit ihr hatte ich mir eine verwandte Seele erhofft. Da sieht man mal wieder...

Jedenfalls musste ich also alleine weiter. Wichtig

19

war natürlich, dass ich mich nicht sehen ließ. Und das klappte auch recht gut. Innerhalb der nächsten Stunden sah ich meinen Menschen noch ab und zu, sorgte aber dafür, dass sie mich nicht sehen konnte.

Als da dann nichts mehr zu erleben war, bin ich mal ins nächste Dorf marschiert. Da ist ein Café, wo wir manchmal einkehren. Aber mein Mensch war nicht dort. Wahrscheinlich hat sie immer noch auf der Wiese rum gesucht und ab und zu zuhause nachgeschaut, ob ich schon dort bin. Nein, also vorläufig noch nicht!

Nach einer Weile schlug ich dann aber doch den Heimweg ein. Mitten auf der Straße, wo sonst? Da fahren wir mit dem Auto doch auch immer.

Die Wirtin des Cafés hatte da aus unerfindlichen Gründen was gegen einzuwenden, rief mich immerzu und lief eine ganze Weile hinter mir her. Wozu denn die Panik? Ich weiß es wirklich nicht: Alle Autos blieben schön stehen. Wieso Verkehrschaos?

Na ja, die Frau machte mich schon ein bisschen nervös, darum bin ich dann auf dem Fahrradweg weiter gelaufen. Aber einfangen ließ ich mich nicht.

Ich hab' dann noch einen Spaziergang über die Felder und durch den Wald gemacht, und nach gut sechs Stunden war ich wieder zuhause. Mein Mensch war nicht da, aber die Nachbarin ließ mich in den Garten.

Nach einer halben Stunde kam mein Mensch dann auch wieder nach Hause. Ich war eigentlich recht froh, sie wiederzusehen. Aber das bleibt unter uns, sonst schadet es meinem Ruf. Ich habe ihr ausführlich erzählt, was ich alles erlebt hatte. Und den Rest hörte sie von den Leuten von dem Café.

Was ich nur nicht verstehe, ist diese ganze Aufregung. War doch ein klasse Ausflug?!

Das Leben ist (nicht immer) ein Fest

Nun wartet ihr natürlich voll Spannung auf ein neues Abenteuer. Da muss ich euch leider enttäuschen. Mein Mensch hat irrsinnig gut aufgepasst, und ich bin in letzter Zeit überhaupt nicht mehr abgehauen. Na ja, außer einem kleinen Ausflug beim Training, aber das zählt ja wohl nicht. Und kaputtgemacht habe ich auch nichts, zumindest nichts Wichtiges.

Aber trotzdem ist das Leben im Moment gar nicht so übel. Ende Juni waren wir wieder bei einem Windhundetreffen, wo ich herrlich zusammen mit ganz vielen Windhunden laufen durfte.

Und im August gab's auch noch eine schöne Abwechslung: wieder ein Windhundetreffen auf eingezäuntem Gelände, diesmal in Deutschland. Na ja, ist mir wurscht, Hauptsache ich habe Spaß.

Dieses Mal bin ich nicht so viel gerannt. Die meiste Zeit habe ich gegraben, und das hat irrsinnigen Spaß gemacht und war auch ganz schön anstrengend.

Mittags haben sie dann Spiele gemacht. Niemand hat mich gefragt, ob ich auch mitmachen will, weil mein Mensch ja findet, dass ich sowieso nicht „gehorche". Das habe ich der aber schön vermiest. Als sie mit Daisy einen Slalomlauf gemacht hat, bin ich einfach zum Spaß ein Stück mit gelaufen und habe die beiden damit völlig durcheinander gebracht. Aber ich hatte wieder mal die Lacher auf meiner Seite!

Die Spaziergänge sind übrigens wieder etwas spannender. Der träge Greyhound hat endlich gelernt, wie sie meiner langen Leine ausweichen muss – zumindest meistens –, und dadurch kann ich auf den Feldern und auf breiten Waldwegen wieder an die Zehn-Meterleine.

Da gibt's natürlich viel mehr zu erleben als an der kurzen Leine. Wenn ich Glück habe und schnell genug bin, fang ich manchmal 'ne Maus. Bonita kommt dann immer angerast. Ich weiß wirklich nicht warum. Denkt sie etwa, dass ich meine Maus mit ihr teile?

Sie selbst ist natürlich viel zu träge, um Mäuse zu fangen. Das „Frauchen" ruft sie dann, und dann kriegt sie ein Leckerchen.

Ja, das „Frauchen". Für mich ist sie ganz einfach mein Mensch, den ich eingestellt habe, um für mein Fressen zu sorgen, mich im Winter zu zu decken und so. Als Belohnung darf sie mich dann ab und zu streicheln, wenn ich Lust dazu habe. Aber für Bonita ist sie eben ihr „Frauchen" … bah!

Flits will immer spielen. Als Welpe wurde er ausgesetzt; darum hat seine Mutter die Erziehung nicht ganz abschließen können. Dadurch spricht er unsere Hundesprache nicht so ganz richtig.

Wenn er spielen will, dann beugt er nicht seine Vorderpfoten, wie es sich gehört. Nein, er packt einen halben Baumstamm in seine Schnauze und springt damit knurrend um einen herum. Das soll dann „einladendes Spielverhalten" sein. Manchmal gehe ich darauf ein. Aber meist habe ich viel interessantere Sachen zu erledigen.

Dafür spielt Flits jetzt manchmal mit Greyhound Bonita. Am Anfang kapierte sie natürlich überhaupt nicht, was er von ihr wollte. Sie kommt von der Rennbahn und hat Spielen nicht gelernt, und Flits' „Sprachfehler" macht es auch nicht leichter.

Aber jetzt passiert es immer öfter, dass sie tatsächlich zusammen spielen oder zumindest so was Ähnliches. Sie rennen dann hintereinander her und so. Bonita hält sich dabei ein wenig zurück, denn sonst kann Flits ihr natürlich nicht folgen, weil sie viel schneller ist.

Ich schaue mir das alles so'n bisschen aus den Augenwinkeln an; mein Mensch freut sich immer irrsinnig, wenn die beiden spielen. Na ja, ich persönlich schnüffle lieber weiter.

Manchmal kommt die verrückte Grey mit dem Kopf unter Wasser. Früher war sie ausgesprochen wasserscheu. Aber ihr „Frauchen" hat mit ihr daran gearbeitet, und jetzt ist Bonita eine richtige Wasserratte. Wenn wir an eine Wasserstelle kommen und ich trinken will: Na, dann stelle ich mich auf die steile Böschung und trinke. Aber Bonita springt mit dickem Grinsen mitten ins Wasser. Tja, und dann passiert es halt manchmal – wenn es viel geregnet hat – dass es tiefer ist als sie dachte. Dann rudert sie mit den Vorderpfoten wieder ans Ufer. Sehr elegant sieht das nicht gerade aus. *Ich* kann zumindest richtig schwimmen, auch wenn ich das nicht mehr so oft mache.

Tja, liebe Leute, das ist alles, was im Moment zu berichten wäre. Ich hoffe – und mein Mensch hofft natürlich nicht – dass es beim nächsten Mal mehr Abenteuer zu erzählen gibt.

Urlaub zuhause

Mein Mensch findet, dass ich ein seltsamer Hund bin. Sie behauptet auch felsenfest, dass ich eigentlich überhaupt kein Hund bin, sondern eine Mischung aus Mensch, Reh und Katze. Na ja, das ist ja nichts Neues. Im Sommer klaue ich immer die Himbeeren vom Strauch in unserem Garten. Aber jetzt im Herbst habe ich sogar im Wald Brombeeren gesucht und gefressen. Mein Mensch hat ein Buch „Kräuterapotheke für Hunde". Da steht drin, dass kein Hund Brombeeren mag. Bin ich dann vielleicht doch kein Hund?

Im Oktober hatte ich eine Woche Urlaub. Nein, weggefahren bin ich nicht. Meine Leute sind weggefahren, mit den anderen drei Hunden. Angeblich kann ich nicht mit, nur weil ich ohne Leine stundenlang wegbleibe, vielleicht was in der Ferienwohnung kaputtmache (ich doch nicht...!), ständig winsle, während sie Kaffee trinken und weil mein Mensch jetzt einen Tennisarm hat. Was immer das auch ist, es scheint weh zu tun. Und durch mein Ziehen an der Leine tut es irgendwie noch mehr weh.

Macht aber überhaupt nichts. Leo war wieder hier, und der ist schwer in Ordnung. Er hat eine viel bessere Kondition als mein Mensch, und wir ziehen dann fast den ganzen Tag los. Immer an der langen Leine, stundenlang über die Heide und durch den Wald. Da gibt es irrsinnig viel zu schnüffeln und zu entdecken. Und natürlich irre viel Mäuse gefangen. Also wirklich fett Urlaub. Echt!

Ich bleibe ja auch in meinem eigenen Zuhause, kann in meinem eigenen Bett schlafen und alles.

Aber trotzdem – ob Ihr's glaubt oder nicht – als mein Mensch zurückkam, da habe ich mich doch so was von gefreut! Es geht mir ja eigentlich gegen den Strich, das zu zeigen. Aber ich konnte mich einfach nicht beherrschen. Ich habe ihr sogar die Hände geleckt.

Na ja, wird nicht wieder vorkommen. Nachher bildet die sich noch was drauf ein, und ich will ihr ja keine Flausen in den Kopf setzen...

Nächtliche Kälte

Die kalte Jahreszeit ist wieder im Anmarsch, und mein Mensch hat die schreckliche Angewohnheit, bei offenem Fenster zu schlafen... brrrr. Das muss sie ja selbst wissen, aber dass *ich* auch in so 'nem Eiskeller schlafen soll: Nein danke!

Das habe ich ihr jetzt mal ganz klar und deutlich gesagt. Ich bin nämlich abends im Wohnzimmer geblieben und habe dort geschlafen und mich geweigert, mit nach oben zu gehen. Und was soll ich Euch sagen: Sie hat's kapiert. Aber ja, mein Mensch ist durchaus lernfähig.

Am nächsten Abend sagte sie, sie habe eine Überraschung für mich und tat so geheimnisvoll, dass ich neugierig wurde und mit nach oben ging. Und siehe da: Das Fenster war zu, die Heizung war an, und meine Decke war vorgewärmt, so wie es sich im Winter gehört. Und so bleibt es jetzt, bis es wieder Frühling wird.

Tja, es ist alles eine Frage der Erziehung, nicht wahr, das ist doch bekannt?!

Glatteis

Der Tag fing eigentlich ganz normal an. Mein Mensch stand auf, ging hinunter. Ich blieb natürlich noch liegen, weil ich genau weiß, dass von meinem Menschen nichts zu erwarten ist, bevor sie ihren Kaffee getrunken hat. Wenn es dann Zeit für den

Spaziergang ist, kommt sie mich holen.

Soweit, so gut.

Aber dann: Bonita wurde wie immer in den Garten gelassen. Sie lief auf die Terrasse… und stand auf einmal hinten im Garten, einfach so, ohne zu laufen. He, das ist verrückt! Wie macht sie das?

Mein Mensch ging dann zur Haustür, und ich wartete ganz brav, dass sie die Leinen holte. Passierte aber nicht. Stattdessen sagte sie: «Nun lauft!»

Ich bin ja nicht blöd, da fall ich nicht drauf rein. Das ist ein Trick, und nachher schimpft sie mit mir. Aber sie meinte es ernst. Also wollte ich natürlich sofort ganz begeistert nach draußen rennen.

Upps, da stand ich auf einmal am Ende des Vorgartens, ohne zu laufen. Ich kam mir vor wie Bambi in dem Zeichentrickfilm. Glatteis, nannte mein Mensch das. Sie ist eine ziemliche Memme, also traute sie sich gar nicht erst raus.

Na ja, so toll fand ich das aber auch nicht, dieses komische Gerutsche. Also haben wir alle in der Nähe unser „Geschäft" erledigt und sind danach freiwillig wieder rein gegangen. Es gab ja doch nichts zu erleben da draußen: kein Mensch, kein Auto auf der Straße, geschweige denn andere Hunde; nicht mal 'ne Katze.

Mittags hat mein Mensch dann so komische Eisendinger unter die Schuhe gebunden, und so haben wir dann rutschend und schiebend doch noch den Schaden aufgeholt mit zwei langen Spazier-gängen. Aber ich muss sagen: Begeistert bin ich nicht. Nee, also dann lieber Schnee. Da kann man wenigstens drin rum rennen und fällt nicht dauernd auf die Schnauze.

Wieder mal Freilauf

Ich hatte heute einen interessanten Vormittag. Mein Mensch hat mich auf dem Sandspielplatz wieder mal frei laufen lassen. Der treue Leser wird sich erinnern, dass sie das manchmal macht, um mich mit den anderen Hunden spielen zu lassen.

Der Form halber lief ich so fünfzig Meter mit, aber dann war ich natürlich weg. Am meisten Spaß macht das immer, wenn die anderen Hunde mit-kommen. Aber die Memme von einem Greyhound blieb natürlich bei „ihrem Frauchen", auch wenn ich in ihren Augen ganz deutlich sehen konnte, dass sie nur allzu gerne mit gerannt wäre. Auch wenn mein Mensch so begeistert von ihr ist, ich finde es wirklich einen Riesenfehler, dass wir sie aufge-nommen haben. Dann doch lieber noch einen Podenco. Aber mich fragt ja hier keiner.

Und von Spürhund Daisy darf man sowieso nichts erwarten. Malteser eben…. Die läuft den ganzen Tag rum mit einem Gesicht, das immerzu zu fragen scheint: «Was kann ich jetzt für dich tun, Frauchen?»

Wenigstens Flits lief mit. Ich sah noch aus den Augenwinkeln, dass mein Mensch mit den anderen beiden zum Spaziergang aufbrach. Anscheinend hat sie so etwas schon erwartet.

Leider lief Flits nach kurzer Zeit zurück zum Auto. Nun habe ich schon seit fünf Jahren seine Erziehung zur Pfote genommen. Aber den Schäferhund-charakter kriegt man nie ganz raus. Ihm fehlt der Schneid des richtigen Jagd- und Windhundes, der dazu führt, dass man seinen Menschen nicht gehorcht. Also Flits setzte sich treu neben das Auto und wartete.

Aber allein hat es auch Spaß gemacht. Ich fand einen Kaninchenbau und fing an zu graben.

Als die Spaziergänger wieder zurückkamen, machte ich einen gravierenden Fehler. Ich ließ nämlich mein Beutegekläff hören. Unheimlich blöd natürlich, aber das ist halt Instinkt, da kann ich gar nichts dafür. Ich *sah* beinahe buchstäblich meine Kumpane und meinen Menschen die Ohren spitzen. Tja, und dann brauchte sie nur noch dem Bellen zu folgen, und sie hatte mich gefunden. Sie war auch nicht böse oder so, aber leinte mich wohl an und nahm mich mit zum Wagen.

Das war schade, denn eigentlich hätte ich noch eine gute Stunde Arbeit gehabt. Ich hatte auf zwei Seiten einen Gang gegraben, einen Meter lang und ungefähr dreißig Zentimeter tief. Aber ich war eben noch nicht fertig. Mein Mensch findet das Graben in Ordnung und gönnt mir das auch, aber es muss beim Graben bleiben. Die Kaninchen darf ich nicht finden.

Insgesamt doch wieder ein nützlicher Morgen, und ich bekam sogar noch ein Leckerchen. Nächstes Mal mache ich halt weiter mit dem Kaninchenbau. Aber im Moment bin ich doch recht müde. Das Graben ist ja schließlich anstrengend.

Neuer Hund: Pacho

Ich hab´s ja schon eine Weile vermutet, aber jetzt bin ich mir ganz sicher: Mein Mensch ist völlig durchgeknallt. Nicht nur, dass sie noch einen Hund aus einem spanischen Tierheim aufgenommen hat, das finde ich völlig in Ordnung. Aber *was* für einen. Ich dachte, mich tritt ein Pferd, als wir das Monster abholten. Und so was ist es wohl auch: eine Art Pferd oder zumindest doch ein Pony (Mein Mensch sagt, es ist ein Mastin español, aber was weiß die schon!).

Meine Leute waren schon wochenlang mit den Vorbereitungen beschäftigt. Unser Dog-mobil wurde von innen umgebaut. Da kam ein erhöhter Boden rein, und ich dachte noch, sie machen das meinetwegen, damit ich auch im Liegen aus dem Fenster sehen kann. Weit gefehlt. Es ging nur darum, Platz für dieses Monster zu schaffen. Aber immerhin profitieren wir vier auch davon. Erhöhter Liegeplatz mit eigenem Korb oder Hundekissen, ganz nach

Wahl. Ist ja auch nicht schlecht.

Mein Lieblingsplatz ist jetzt auf einem Plateau, ganz für mich allein, mit einem Rand drum herum (Hat sie Angst, dass ich runter falle? Ich bin ein Podenco!) und einem Kissen drauf. Es ist gleich hinter meinem Menschen, sodass ich unterwegs schön in ihr Ohr singen kann.

Ansonsten versucht mein Mensch krampfhaft, uns Vieren genug Aufmerksamkeit zu geben, sodass wir uns dem Neuling gegenüber – er heißt Pacho - nicht benachteiligt fühlen. Dadurch kriegen wir mehr Aufmerksamkeit als sonst und – was noch wichtiger ist – mehr Leckerchen. Denn diese Dampfwalze muss natürlich auch erzogen werden. Und wenn wir anderen dann die diversen Übungen mitmachen, fällt auch für uns schon mal was ab.

Ja, ich weiß, was ihr jetzt denkt. Normalerweise lasse ich mich zu so was auch nicht herab. Aber mein Mensch hat jetzt so eine neue Hundewurst gekauft, und da... nun ja, dafür will ich halt ab und zu auch mal „Sitz" machen. Aber nur ganz kurz, ehrlich. Und auch nur, weil ich ja an der Leine bin. Wenn ich frei laufen könnte, na, dann könnte sie aber lange warten mit ihrer Wurst...

Also meinetwegen, soll er doch bleiben. Ich habe in meiner Zeit schon ein Staubtuch-auf-Pfoten (diesen Malteser) kommen sehen und einen Greyhound mit erschreckend wenig Sportgeist fürs Jagen, da werde ich mit diesem Pony auch noch fertig.... fehlt nur noch der Sattel!

Schon wieder ein Hundefest

Das war vielleicht ein Tag heute! Beim Morgenspaziergang rannten auf einmal zwei Rehe quer übers Feld. Meine vier Kumpel sofort hinterher. Diesmal half sogar das Pfeifen meines Menschen nichts. Aber ich saß an dieser blöden Leine fest und konnte nicht mitmachen.

Und weil die anderen Hunde nun schon so viel gerannt waren, murmelten meine Leute was über „... wir fahren doch gleich nach Steenwijk...." (was

33

bedeutet das?) und fanden, dass wir nach einer halben Stunde schon zurück nach Hause konnten. Dafür haben sie mich eine Stunde früher als sonst aus dem Bett geschmissen?! Na toll! Und so was nennt sich dann Wochenende. Ich war vielleicht sauer.

Zuhause habe ich mich nach dem Frühstück für mein Morgennickerchen zusammengerollt, habe denen allerdings erst noch einen sehr bösen Blick zugeworfen. Aber auf einmal packen die Menschen die Leinen, und wir gehen wieder zum Auto. Also das kapier ich nicht, so kurz nach dem Frühstück? Ob das was mit diesem geheimnisvollen Steenwijk zu tun hat?

Das scheint wirklich der Fall zu sein. Wir fahren nach Steenwijk, wo heute die Aktion „Beasts for Beasts" gehalten wird.

Wir kommen in eine Art Café, wo auch schon andere Hunde sind. Hauptsächlich Galgos. Mit uns Fünfen ist es natürlich gleich voll da drin, überhaupt mit Pacho dem Pony. Ich mache mich mit allen bekannt und beweise damit meinem Menschen wieder einmal, dass ich mich durchaus mit fremden Hunden verstehe. Nur auf den Spaziergängen halt nicht.

Mein Mensch quasselt stundenlang mit jemandem von dem Verein, der das Treffen organisiert hat. Was geht mich der Verein an?

Aber dann gehen wir nach draußen, und ich darf von der Leine. Hurra, rennen! Jetzt kann ich endlich mal wieder voll aufdrehen und durchstarten.

Das eingezäunte Stück ist zwar nicht so riesig, aber wenn man die Kurven gut nimmt, kann man ganz schön sprinten.

Ich untersuche natürlich auch, wo ich eventuell abhauen könnte. Schau, da zum Beispiel. Da steht nur ein Container als Abgrenzung. Da könnte ich leicht unten drunter kriechen und weg.

Mist, jemand hat das bemerkt und stellt was davor.

Nachdem ich eine Weile gerannt habe, werde ich ein bisschen müde und schaue mich mal drinnen um. Auch hier darf ich ohne Leine, denn ich benehme mich wirklich fabelhaft. Belästige keine anderen Hunden, schnappe nicht nach ihnen und mache nichts kaputt von all den Dingen die hier – sehr verführerisch in Hundehöhe – herumstehen. Logisch dass nun niemand mehr die Geschichten glaubt, die mein Mensch immer über mich schreibt.

Nach zwei Stunden bin ich doch recht kaputt und lege mich mitten in dem Café auf den Boden für eine kleine Siesta. Bonita hat es schon lange aufgegeben und hat sich ein weiches Liegekissen gesucht. Pacho legt sich – als richtiger Herdenschutzhund – mitten in den Eingang oder aber in den Durchgang zum Garten. Er kriegt furchtbar viel Aufmerksamkeit, nur weil er so groß ist. Find' ich blöd. Ist ja schließlich nicht sein Verdienst.

Macho Flits muss natürlich seine Kräfte mit denen der anderen Rüden messen, und die kleine Daisy will zum Schluss unbedingt beim „Frauchen" auf den Arm, weil ihr das alles doch ein bisschen zu viel wird. Sie ist hier auch mit Abstand die Kleinste.

Dann fahren wir wieder nach Hause, unterwegs noch zwei kurze Spaziergänge. Und ehrlich gesagt reicht mir das auch. Ich bin froh, als ich mich nach dem Abendessen gemütlich auf meinem Bett ausstrecken kann.

Warum machen wir so was eigentlich nicht jeden Tag?

P.S. Mein Mensch hat eine komische Kappe für Herrchen gekauft, mit dem Vereinslogo drauf. Und der läuft doch tatsächlich damit rum. Na ja, jedem das Seine...

Gute Vorsätze

Mein Mensch hat anscheinend gute Vorsätze. Sie hat mich jetzt schon ein paar Mal frei laufen lassen und hat sich gefreut wie ein Kind, wenn ich nach einer Stunde schon wieder zurück beim Auto war. Ach ja, anspruchsvoll ist sie nicht. Das hat sie sich im jahrelangen Zusammenleben mit mir abgewöhnt. Natürlich kam ich nicht immer so schnell zurück, denn man sollte seine Leute nicht zu viel verwöhnen. Also bin ich auch mal gar nicht zurückgekommen und habe gewartet, bis Spürhund Flits mit dem Menschen im Schlepptau mich suchen kam. Und diese Woche bin ich drei ganze Stunden weggeblieben wie in der guten alten Zeit. Diesmal habe ich aber dafür gesorgt, so viele falsche Spuren zu legen, dass sogar Flits mich nicht finden konnte.

Einmal war der Freilauf nicht so schön. Irgendwie bin ich in ein eingezäuntes Feld geraten, aber ich kam nicht mehr heraus. Also habe ich aus Leibeskräften gebellt, und nach einer Weile kam mein Mensch dann auch zusammen mit den anderen Hunden. Mann, hat das gedauert, bis sie mich endlich gefunden hatten.

Sie begutachtete die Situation und rief dann fröhlich: «Dunya, hoooooch», wie beim Agility. Sie wollte tatsächlich, dass ich über den Zaun springe. Als wenn ich nicht schon selbst auf die Idee gekommen wäre. Aber dabei bekam ich einen elektrischen Schlag. Das sah sie dann wohl auch ein, aber sie konnte den Strom natürlich nicht ausschalten. Also lief sie mit meinen Kumpeln an der einen Seite des Zauns entlang und ich mit viel Winseln und Wedeln an der anderen.

So dumm ist mein Mensch gar nicht, denn nach einer Weile sah sie einen Holzstapel, ganz in der Nähe des Zauns, auf meiner Seite. Sie hat mir dann gut zugeredet, um drauf zu klettern. Erst kapierte ich gar nicht, was sie wollte. Aber schließlich hat sie mich auf den Holzstapel „geredet", mich mit der einen Hand am Halsband gepackt und mit der anderen unterm Bauch und hat mich über den Zaun getragen. Puh, ich war vielleicht froh! Erst natürlich meine Kumpels begrüßen und alle abschlebbern.

Mein Mensch dachte, dass ich jetzt vielleicht genug von meiner Freiheit hätte und wohl ohne Leine mit zum Auto laufen könnte. Weit gefehlt! Leider sah sie wohl, dass meine Ohren schon wieder auf Empfang standen, murmelte: «... nach drei Stunden endlich eine Tasse Kaffee...» und hat mich doch angeleint.

Ein anderes Mal kam ich mit einem Hasen von meinem Raubzug zurück. Mein Mensch machte ein ziemliches Theater, hat sogar eine Geschichte darüber geschrieben. Dabei ist das doch einfach mein Job, nichts Besonderes.

Hasen fangen ist aber nicht alles, was ich kann, denn ich habe viele Talente.

Als mein Mensch das Treppenhaus angestrichen hat, bin ich ihr zu Hilfe gekommen. Was sie mit dem Pinsel konnte, konnte ich mit meiner Pfote schon lange. Also rein in den Farbeimer und dann wunderschöne Pfotenabdrücke im Treppenhaus hinterlassen. Das langweilige Laminat auf dem Boden war mir doch schon lange ein Dorn im Auge.

Mein Mensch schrie auf vor Begeisterung, darum bin ich auch noch an ihr hoch gesprungen, sodass auch ihre Kleidung eine schöne Verzierung bekam. Da hat sie mich mit ins Bad genommen und meine Farbpfote mit Wasser sauber gemacht. Das macht sie auch immer mit den Pinseln, wenn sie mit dem Streichen fertig ist. Aber ich *war* ja noch gar nicht fertig, wollte gerade mit der Treppe anfangen.

Wie man's macht, ist's verkehrt; mit so einer Type kann man einfach nicht zusammenarbeiten.

Nun, liebe Leute, ich werde auch älter und fange mit meinen sechs Jahren langsam an, erwachsen zu werden. Also habe auch ich gute Vorsätze. Vorläufig... Vielleicht... Ein paar...

Dunya's Meinung über.... Feuerwerk

Die Hundezeitschriften stehen wieder voll mit Tipps, um Stress bei Hunden während des Feuerwerks zu vermeiden. Welchen Stress? Ich bin schussfest, und das bisschen Knallen bringt mich wirklich nicht aus der Ruhe. Flits und Daisy sind auch einigermaßen schussfest. Greyhound Bonita hat natürlich Angst vor Feuerwerk. Sie hat vor allem Angst, also da erwartet man nichts anderes.

Aber von einem gestandenen Mannsbild wie dem Pacho – von uns liebevoll Macho genannt – hatte ich das nicht erwartet. In der Hundeschule steht der Typ doch beim Hören von Feuerwerk tatsächlich mit gebogenem Kopf und Schwanz zwischen den Beinen. Er wollte nur eins: abhauen!

Mein Mensch spielt jetzt schon seit Wochen eine CD mit Feuerwerkgeräuschen, damit Pacho sich daran gewöhnen kann.

Wie üblich kümmert sie sich dabei absolut nicht um ihre Mitbewohner, *mich* zum Beispiel. *Ich* habe keine Angst vor Feuerwerk, aber auch ich muss mir den Quatsch anhören bis zum Abwinken. Also auf die Art erreicht sie nur, dass Feuerwerk mir jetzt auch auf den Geist geht.

Aber für Pacho scheint es zu klappen. Er reagiert weniger ängstlich und will auch nicht mehr abhauen. Dafür macht er jetzt was anderes... das erzähl ich euch gleich.

Heute Mittag hörten wir auf dem Spaziergang schon einige Knallerei, zwar weit weg, aber immerhin. Die ängstliche Bonita musste darum an die Leine und *ich auch*. Also das ist wirklich nicht fair, weil ich ja überhaupt keine Angst habe.

Gestern durfte ich allerdings frei laufen und bin erst nach zweieinhalb Stunden zurückgekommen. Vielleicht dass das etwas damit zu tun hat, dass ich jetzt an die Leine musste...?

Flits und Daisy liefen natürlich frei und waren ganz entspannt. Und Pacho? Der drückte seine 73 Kilo beim Laufen so eng an meinen Menschen, dass sie kaum laufen konnte und fast um fiel.

Also ehrlich gesagt konnte ich mir eine gewisse Schadenfreude nicht verkneifen. Sie will doch immer einen Hund, der „bei ihr bleibt". Nun, den hat sie jetzt die nächsten Tage...!

Mein Mensch hat übrigens auch keinen Mumm in den Knochen. Sie war so froh, als sie uns alle wieder sicher im Wagen hatte. Also werden wir uns lange Spaziergänge morgen wohl abschminken können, und Freilauf kann ich die nächsten Tage auch vergessen. Das ist so was von ungerecht!
Apropos ungerecht: Zu Weihnachten bekamen wir alle einen Knochen. Und wer bekam den größten? Genau, Pacho! Gemein, oder?!

Also hole ich alles aus der Trickkiste, um ihm den Knochen ab zu gaunern. Ich setzte mich in scheinheilig demütiger Haltung neben ihn, Ohren platt, schaue an ihm vorbei. Vielleicht will er ja tauschen. Will er aber nicht. Er ignoriert mich einfach und kaut da in Seelenruhe auf seinem großen Knochen herum. Und inzwischen klaut Flits mir auch noch *meinen* Knochen!

Ach, das Leben ist nicht immer ein Fest!

Das ganze Leben ist (wieder) ein Fest…

Erinnert ihr euch noch an meine Geschichte über meine guten Vorsätze? Nun, ich habe mich entschlossen, damit noch eine Weile zu warten. Ich kann meinem Menschen doch nicht noch so einen langweiligen Hund zumuten.

Das heißt also im Klartext, dass ich auf den Spaziergängen nicht mehr nach einer Stunde zurückkomme, sondern mindestens zwei Stunden weg bleibe. Manchmal auch drei und … nun ja, auch einmal fünf. Mein Mensch sitzt dann, bewaffnet mit Brot, Zeitschriften – über Hundeerziehung, dass ich nicht lache! – und Kreuzworträtsel und wartet auf mich. So gehört's sich auch.

Mein Mensch hat übrigens ein altes Kinderbett gekauft und von einer Gardine einen Himmel drüber genäht. Jetzt habe ich also ein Himmelbett. Warum? Mein Mensch sagt, dass es im Zimmer so schön aussieht. Aber in Wirklichkeit habe ich es natürlich gekriegt, weil ich so ein Engelchen bin.

Ja, Bonita darf sich manchmal zu mir legen …

Im Februar haben wir noch was Tolles gemacht: Eine Bekannte von meinem Menschen, Marije, hatte Geburtstag und hat einige Hundefreunde zum Spaziergang eingeladen. Es waren zehn Leute und sicher zwanzig Hunde.

Ich durfte natürlich frei laufen, und wir sind durch die Natur gezogen. Leider gab es wenig Wild. Das ist auch der Grund dafür, dass ich nicht abgehauen bin. Aber es waren ganz viele Podencos und Windhunde mit dabei, also haben wir toll spielen können. Und zwischendurch gab es noch eine Überraschung von Marije: für jeden Hund einen ganzen Beutel met Leckerchen! Wie findet ihr denn das? Ein ganzer Beutel nur für mich allein!

Für die Menschen gab's Kaffee und Apfelkuchen, aber die Mühe hätte sie sich meinetwegen sparen können, denn ich durfte nicht mal was klauen. Zur Strafe habe ich denen aber von meinen Leckerchen auch nichts abgegeben!

Es war wirklich ein herrlicher Tag. Warum tun wir das nicht öfter? Die paar Stunden im Auto, daran soll's doch nicht liegen? Menschen können sich manchmal so anstellen. Auf dem Rückweg schläft man, und wenn man wach wird, ist man zuhause. Also soviel Mühe kann das doch nicht sein?!

Die Abendsause

Meistens liege ich abends ja ganz lieb und ruhig in meinem Himmelbett und schlafe. Aber gestern hatte ich mal wieder Lust auf Action! Mira, die Tochter meines Menschen, war zu Besuch. Und sie schmierte Brote.

Nun brauche ich auf solche Sachen bei meinem Menschen gar nicht zu achten. Sie ist so eine hart Gesottene, da hat man als Bettelhund keine Chance. Sie beachtet mich einfach nicht, wenn ich mich vor sie hinsetze und sie anstarre. Sogar wenn meine großen Ohren den halben Fernseher verdecken, scheint sie einfach durch mich durch zu gucken, oder sie geht aus dem Zimmer.

Aber bei Mira stehen meine Chancen bedeutend besser. Sie kann das Starren nämlich überhaupt nicht vertragen. Sie schickt mich erst weg (und natürlich komme ich sofort zurück!), meckert dann ein bisschen rum, und schließlich gibt sie mir ein Stück Brot, um „ihre Ruhe zu haben". So wird mein Betteln immer belohnt! So auch gestern Abend.

Als das Spielchen vorbei war, habe ich angefangen zu winseln. Das kann ich unheimlich gut. Gaaanz leise, aber – findet mein Mensch – zum Verrücktwerden.

Mein Mensch hat mich in den Garten gelassen. Aber das wollte ich nicht. Ich wollte einen richtigen Spaziergang. Wieso 11 Uhr Abends? Ist mir doch wurscht!

Als ich zum dritten Mal (!) in den Garten geschickt wurde, entdeckte ich etwas in einer Ecke, das unter den Blättern raschelte. Ich habe sofort mein Beutekäffen eingesetzt, um den anderen, die drinnen ein bisschen dumm rum lagen, Bescheid zu sagen. Aber auch das hat mein Mensch mir nicht gegönnt. Sie ließ die anderen nicht nach draußen. Ich musste reinkommen, weil mein Mensch nicht wusste, was da raschelte und ihr „das" natürlich wieder mal leid tat ... wie üblich!

Nach einiger Zeit gingen wir dann ins Bett, und ich habe weitergemacht mit meiner Winselaktion. Mal schauen, wer es länger aushält: ich oder mein Mensch. *Ich,* ist doch klar! Mein Mensch tat zwar, als ob sie las, aber konnte das ewige Winseln nicht länger ertragen und wurde ein bisschen sauer.

Sie schickte mich wieder in den Garten, um mich zu lösen. Aber diesmal regnete es ganz doll, und das gefiel mir gar nicht. Mein Mensch saß gemütlich drin und hat auf mich gewartet. Nach ein paar Minuten, in denen ich doch mal was gemacht habe – wenn ich schon keinen Spaziergang kriege – holte sie mich wieder rein, trocknete mich ab und wollte mich wieder ins Bett bringen.

Aber ich wollte doch noch ein bisschen spielen. Also erst mal ins Wohnzimmer rein, Pacho und Flits beim Schlafen stören, dann die Treppe rauf und rein ins Gästezimmer, wo Mira schlief. Die musste ich unbedingt wecken und sprang mit meinem doch noch etwas nassen Leib oben auf sie drauf. Fand sie gar nicht komisch.

Und als mein Mensch mit ihren schlechten Gelenken endlich auch oben war, ich wieder – husch, husch – nach unten gerannt. Tolles Spiel.

Leider wurde das beendet, als mein Mensch die Leine packte und mich damit nach oben und ins Schlafzimmer verfrachtete (hatte ich schon erzählt, dass sie null Humor hat?!) Sie stopfte mich in meinen Korb auf dem Bett, streichelte mich noch ein wenig und deckte mich schließlich zu, weil mein Fell ja immer noch ein bisschen feucht war.

Na ja, erst mal schlafen jetzt. Morgen ist wieder ein neuer Tag. Schauen wir mal, was der bringt.

Besuch

Mein Mensch hat keine Beiträge mehr für ihre Podencozeitung und hat mich gebeten, noch ein Stückchen zu schreiben, nur für dieses eine Mal. Eigentlich sehe ich zwar nicht ein, warum ich ihre Arbeit machen soll, aber meinetwegen:

Im Allgemeinen haben wir hier ja ein ziemlich ruhiges – um nicht zu sagen: langweiliges - Leben, nur wir mit unserem Menschen. Wir kriegen zwar unsere Spaziergänge und so; aber so richtig Action ist eigentlich nie.

Aber jetzt ist endlich mal was los. Es sind eine Menge Gäste da, auch mit Kindern. Yes! Das macht Spaß. Es gibt immer irgendwas zu tun. Tante Marian kann außerdem viel besser laufen als mein Mensch, und so kriege ich längere Spaziergänge, bei denen wir auch ganz schön Tempo vorlegen. Nachteil ist natürlich, dass ich dadurch weniger ausgiebig schnüffeln kann. Aber man kann eben nicht alles haben.

Gestern waren sie im Freilichtmuseum, und ich durfte mit. Während sie auf der Terrasse saßen – Kaffee und quatschen ohne Ende –, durfte ich herrlich im Gras liegen mit Aussicht auf das Museum auf der einen und den Wald auf der anderen Seite.

Da gibt's immer spannende Dinge zu sehen: Spaziergänger, manchmal mit Hund, Vögel, und wenn ich ganz viel Glück habe, sogar ein Kaninchen. Fernsehen nennt mein Mensch das. Also das könnte ich stundenlang aushalten! Nur schade, dass ich nicht dran kann; es bleibt beim Gucken.

Heute Mittag gingen sie schon wieder alle zusammen Kaffee trinken. Mein Mensch war schon auf der Terrasse, während Herrchen mich ins Auto setzen wollte. Er machte die Leine los und erwartete anscheinend, dass ich ins Auto springen würde (er ist ein bisschen einfältig). Aber das hab' ich natürlich nicht gemacht.

Mit Riesensprüngen raste ich über den Parkplatz. Aus den Augenwinkeln sah ich gerade noch den verdutzten Blick von Herrchen. Mein Mensch erschrak ganz schön, als ich angerast kam, weil die Terrasse nahe an einer Straße lag, und sie hatte Angst, ich könnte überfahren werden. Ich doch nicht! Vor der Straße genau rechtzeitig voll auf die Bremse und abbiegen, Richtung Terrasse.

Ich fand, dass ich nach dieser Glanzleistung eigentlich ein Plätzchen auf der Terrasse verdient hätte. Aber leider: Ich wurde zurück ins Auto gebracht.

Also, Leute, jetzt muss ich wirklich für ein Stündchen in mein Himmelbett, um mich auszuruhen, denn gleich steht schon wieder der nächste Spaziergang an. Soll mein Mensch selbst zusehen, wie sie ihre Zeitung voll kriegt.
Gute Nacht!

Erneuter Freilauf und Kücheninspektion

Ich fürchte, dass ich es wieder mal so richtig versaut habe. Mein Mensch hat mich jeden Tag frei laufen lassen. Das war vielleicht ein Fest jedes Mal! Ich habe mich auch wirklich bemüht, zeitig zurückzukommen. Zeitig, das nennt mein Mensch ungefähr eine Stunde. Natürlich viel zu kurz. Aber immer noch besser als an der Leine. Die paar Mal, dass ich den Spaziergang auf anderthalb Stunden ausgedehnt habe, waren auch in Ordnung. Als ich allerdings wieder mal vier Stunden weg blieb, fand mein Mensch das gar nicht gut und hat mich die nächsten Tage wieder an die Leine genommen. Mist!

Moment, Leute, ich muss mal kurz unterbrechen und die Küche inspizieren. Da rieche ich nämlich was auf der Anrichte.

Autsch, das war gar nicht lustig. Was ich roch, war zwar „Menschenessen", aber leider nur Gemüse. Als ich die Vorderpfoten auf die Anrichte legte, kriegte ich den Topfdeckel auf den Kopf, das Kochwasser vom Gemüse schwappte über und floss über den Küchenboden, ein Löffel fiel runter (Krach) und der Kaffeefilter mit Inhalt, den ich mit meinen Pfoten zusammen mit dem Gemüsesaft auf dem Boden verteilte. Roch aber nicht so gut.

Jetzt muss mein Mensch wieder putzen und meckert, weil sie das gerade erst gemacht hat. Na und? *Ich* sage doch nicht, dass sie das wegputzen muss. *Mich* stört das überhaupt nicht, aber sie kann sich so was von anstellen...

Aber um auf den Freilauf zurückzukommen: Ich werde halt abwarten müssen, ob mein Mensch noch mal den Mut aufbringen kann. Sie meint, wenn sie mich oft frei laufen lässt, dann lerne ich, dass ich ja am nächsten Tag schon wieder darf und darum vielleicht nicht jedes Mal so lange weg bleibe.

Sollen wir sie mal in dem Wahn lassen?

Dunyas Standpunkt über Erziehung
Teil 1

Mein Mensch schreibt endlose Artikel über Erziehung, obwohl sie davon null Ahnung hat. Also wird es jetzt höchste Zeit, dass ich mich mal zu diesem Thema äußere. Denn ich habe wohl Ahnung davon!

Also fangen wir mit ein paar kleinen Übungen an, die ihr – schlaue Artgenossen – eurem Menschen recht einfach beibringen könnt (der Einfachheit halber rede ich jetzt mal über „er"; falls ihr einen weiblichen Menschen habt, müsst ihr halt „sie" lesen):

"Frei":
Die folgende Übung klappt sowohl an der kurzen als auch an der langen Leine. Tue auf dem Spaziergang so, als würdest du irgendetwas in der Ferne sehr interessiert betrachten.

Und wenn dein Mensch dann abgelenkt ist, gib einen starken Ruck an der Leine, und die Welt gehört dir!

Etwas abgeändert klappt diese Übung auch beim Einsteigen ins Auto: Setze scheinheilig eine Pfote ins Auto – wenn du ein sehr gutes Reaktionsvermögen hast, geht's auch mit beiden Vorderpfoten - und wenn dein Mensch dann denkt, dass du einsteigen willst und die Leine los lässt: siehe oben.

"Leckerchen!":

Setz dich vor deinen Menschen hin, am Besten wenn er gerade isst, und *schau ihn an.*

Wenn dein Blick ausdrückt: „Ich bin ein ganz armer Podenco, und ich habe *Hunger!*", dann machst du's richtig!

Bei den meisten reicht das schon. Aber wenn's nicht sofort klappt, wink dann ein bisschen mit der Pfote und lache. Das führt garantiert zum Erfolg (außer du hast so ein Exemplar von Mensch wie ich. Seufz!)

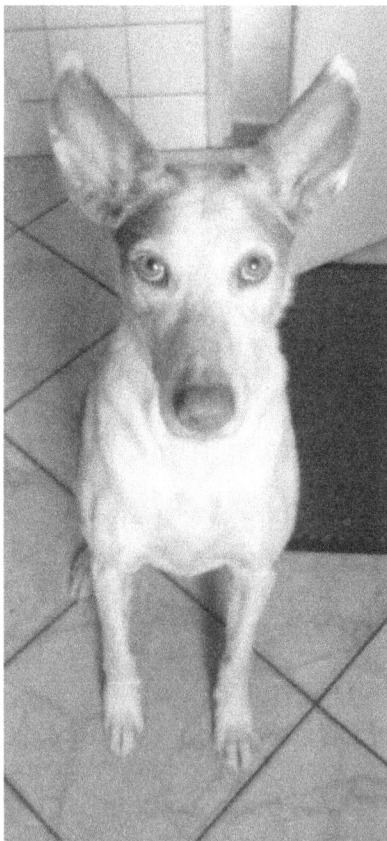

„Ich muss raus":
Laufe unruhig im Zimmer auf und ab, und starre deinen Menschen an. Eventuell, wenn er etwas schwer von Begriff ist, kombiniert mit Winseln. Das lernen sie recht schnell und öffnen dir dann die Türe (oder holen die Leine, falls ihr keinen Garten habt), und ihr könnt herrlich draußen herum wuseln. Auch ganz brauchbar, wenn ihr gar nicht raus müsst, sondern euch nur langweilt.

Dieses Kommando kann man auch zweckentfremden, aber das geht nur, wenn ihr einen Garten habt. Wenn dein Mensch beim Essen ist, fragst du, ob er dich raus lässt, wie hier oben beschrieben. Aber in dem Moment, wo er zur Gartentür läuft, um sie für dich zu öffnen, klaust du inzwischen das Essen von seinem Teller. Das klappt solange, bis bei deinem Menschen der Groschen fällt, und die Zeit ist von Mensch zu Mensch sehr unterschiedlich.

„Fangen spielen":
Also diesen Trick müsst ihr schon ein bisschen üben. Wenn dein Mensch durch die Haustür oder die Gartenpforte geht, musst du rasendschnell an ihm vorbei nach draußen entwischen.

Erstmal drehst du ein paar Runden durchs Viertel, um die Pfoten zu strecken und dich ein bisschen einzuarbeiten. Danach läufst du zurück nach Hause.

Und jetzt kommt's darauf an: Du musst zwar in die Nähe deines Menschen kommen, dann aber im letzten Moment abdrehen.

Wie gesagt, man muss schon ein wenig üben, denn je dichter man an seinen Menschen heran kommt und es dann doch schafft, wieder ab zu hauen, umso mehr Spaß macht es natürlich.

Im Prinzip kann man dieses Spiel ziemlich lange spielen, hängt natürlich vom Reaktionsvermögen deines Menschen und deiner eigenen Schnelligkeit ab. Aber wenn du Rauchwolken aus seinem Kopf aufsteigen siehst, dann ist es an der Zeit, wieder zurückzugehen, um des lieben Friedens willen.

Übrigens, wenn du nicht so ländlich wohnst wie ich: Pass bitte auf vor Autos, okay?!

"Ich war das nicht!":
Was du auch angestellt hast, leg dich schnell auf deinen Platz und tue so, als würdest du dort schon seit Stunden schlafen. Auch wenn dein Mensch davon überzeugt ist, dass du „das warst", er wird es nie beweisen können!

Ja, Leute, das waren so die Grundkommandos, die jeder Mensch beherrschen sollte, um mit einem Hund – besonders mit einem Podenco – zusammen zu leben. Natürlich gibt es noch viel mehr Dinge, die sie lernen müssen, aber die sind dann schon mehr für Fortgeschrittene geeignet.

Ansonsten gibt es noch unzählige Arten, uns zu amüsieren, wie zum Beispiel Essen stehlen (am liebsten Menschenessen), kaputt Beißen, Ziehen oder Werfen von allerlei Gegenständen im und ums Haus herum, Löcher in den Rasen graben, Pflanzen ausgraben und kaputt beißen und so weiter. Aber das brauche ich euch ja nicht zu erzählen, denn jeder richtige Podenco beherrscht diese Trickkiste schon von alleine.

Nun wollte ich eigentlich noch etwas vom Freilauf erzählen, wo ich meinen Menschen wieder mal ausgetrickst habe. Hätte auch prima zum Thema gepasst, handelt nämlich von der Erziehung meines Menschen. Aber sie meint, ich hätte euch für diesmal schon genug voll gequasselt. Also, ist das nun eine *Podenco*zeitung oder was? Wenn man nicht mal hier zu Worte kommt…

Aber egal, dann erzähle ich halt das nächste Mal weiter. Aber soviel will ich euch schon mal verraten: Ich habe mich sechseinhalb Stunden im Wald amüsiert.

Also bis die Tage!

Dunyas Standpunkt über Erziehung
Teil 2

Als Podenco bin ich von Natur aus schon ein intelligenter Hund. Aber manchmal denke ich, dass ich mit zunehmendem Alter immer schlauer werde. Zum Beispiel der Freilauf. Ja, ich weiß, schon wieder! Aber wo das Herz voll von ist…

Manchmal, wenn ich nach ein paar Stunden wieder zum Parkplatz komme, ist das Auto weg. Mein Mensch kommt zwar immer zurück, um mich abzuholen, aber eben, wann es *ihr* auskommt.

Nun gibt es ja einen Weg, um zu vermeiden, dass sie ohne mich wegfährt, das weiß ich: in ihrer Nähe bleiben. Aber dazu habe ich keine Lust. Schlau wie ich bin, habe ich jetzt eine Alternative gefunden. Wenn mein Mensch nach dem Spaziergang wieder beim Auto ist, sorge ich, dass ich in der Nähe bin, und erst dann haue ich wieder ab. Dann denkt sie nämlich, dass ich schnell wieder zurückkomme und wartet.

Soll ich euch mal von einem Spaziergang erzählen, wo das prima funktioniert hat? Es war am Tag nach meinem siebten Geburtstag. Wir fuhren in ein Gebiet, das ich sehr gut kenne, wo ich aber noch nie frei laufen durfte. War also alles irrsinnig aufregend.

Als sie mit den Worten «Nicht zu lange weg bleiben!» die Leine losgemacht hatte (ich habe leider keinen Mittelfinger…) schoss ich weg, zusammen mit unserem Mastin Pacho. Der macht jeden Spaß mit.

Mein Mensch ist mit ihren drei treuen Kumpanen spazieren gegangen, und Pacho und ich sind herrlich durch den Wald gerannt. Leider ging er nach einer Weile zu den anderen zurück. Aber auch allein hat es Spaß gemacht.

Nach einer Dreiviertelstunde bin ich wieder langsam zum Parkplatz gelaufen, und tatsächlich: Ich sah meine Leute in der Ferne ankommen. Mein Mensch hat sich riesig gefreut und meine Hundekumpels auch. Sie kamen mich alle begrüßen.

Mein Mensch rief mich fröhlich. Ja, meint sie echt, dass ich dann komme? Als ich alle ausgiebig begrüßt hatte und mein Mensch noch so gute fünfzig Meter entfernt war, bin ich wieder abgehauen.

Aus den Augenwinkeln schielte ich noch zum Menschen hin und sah Rauchwolken aus ihrem Kopf aufsteigen. Auch hörte ich sie allerlei Sachen rufen, die ich hier lieber nicht wiedergeben möchte. Aber immerhin: Ich hatte mein Ziel erreicht. Sie fuhr nicht weg, sondern wartete auf mich. Darum habe ich mir noch ein bisschen Zeit gelassen, die Gegend unsicher zu machen. *Sechseinhalb Stunden* um genau zu sein! Die Zeit war günstig gewählt, denn dann hat mein Mensch schon alle Stadien von Ungeduld und Ärgernis durchlaufen und hat nur noch Angst, dass mir was ganz Schlimmes passiert ist.

Wenn ich dann zurückkomme, erwarte ich selbstverständlich eine Belohnung. Das hat heute leider nicht geklappt.

Mein Mensch hatte inzwischen Herrchen angerufen, sodass er sie ablösen und sie endlich mal wieder nach Hause konnte, nachdem sie den ganzen Tag im Wald verbracht hatte.

Und gerade als Herrchen angefahren kam, bin ich zurückgekommen. Ende gut, alles gut. Eine Belohnung bekam ich von ihm allerdings auch nicht.

Ich übe jetzt schon seit sieben Jahren mit meinem Menschen, ganz normal mit Belohnung (sie fröhlich anspringen, Pfötchen geben, wedeln, das gefällt ihr!) und Strafe (Weglaufen, sie ignorieren). Aber sie ist so was von dickköpfig. Was bei normalen Leuten klappt, das klappt bei ihr leider nicht.

Allerdings sagt sie über mich genau das Gleiche. Also vielleicht passen wir ja doch ganz gut zusammen.

Ungerecht

Ist euer Mensch auch so ungerecht? Also meiner wohl! Sie erlaubt mir nichts, was so richtig Spaß macht.

Fangen wir mit dem Jagen an. Dafür bin ich ja schließlich gezüchtet worden. Aber hier zu Lande heißt das dann auf einmal „Wildern" und ist strengstens verboten. Ich darf Mäuse fangen. Hat ja wohl mit Jagen nicht viel zu tun, oder? Mein Mensch nennt das „Ausgleich". Aber wenn sie einen Rolls Royce gewöhnt wäre und bekäme eine hässliche Ente vorgesetzt, ob sie das dann auch einen gerechten Ausgleich finden würde? Bestimmt nicht. Aber mit mir kann man's ja machen.

Wenn sie Hühnchen für uns gekocht hat, fängt das Elend schon damit an, dass die den Topf so hoch weg stellt, dass ich nicht dran komme. Dann kriege ich nur die Portion die *sie* mir zuteilt; sprich: Ich muss mit meinen vier Artgenossen teilen.

Die Katzen kriegen auch Hühnchen. Aber wenn ich mit meiner Mahlzeit fertig bin und die Katzennäpfe leer fressen will, ist das natürlich auch verboten. Früher klappte das manchmal, wenn mein Mensch im Garten war oder so. Und bis sie dann was hörte, waren die Näpfe schon leer. Aber jetzt stellt sie die Katzennäpfe so hoch weg, wenn sie aus der Küche geht, dass ich nicht mehr dran komme. Sag' ich doch: ungerecht!

Irgendwie kann mein Mensch es an meinem Gesicht sehen, wenn ich vor habe, Blödsinn zu machen, und dann passt sie noch besser auf.

Heute hat sie fast den ganzen Tag im Garten gearbeitet, na ja, bis auf unsere Spaziergänge, und da habe ich mich natürlich gelangweilt. Erst habe ich so ein Plüschteil geklaut, das schon monatelang auf dem Schrank steht. Aber als wenn sie den sechsten Sinn hätte, kam mein Mensch ausgerechnet in dem Moment rein, als ich mir's mit dem Vieh auf der Bank gemütlich gemacht hatte. Ich hatte gerade angefangen, die Nase anzuknabbern, weiter kam ich nicht. Weg war's!

Sie hat mir zwar ein anderes Plüschtier gegeben, das ich kaputt machen durfte. Aber wenn ich es darf, macht es mir keinen Spaß mehr, also das Ding habe ich links liegen gelassen. Soll sie es doch auf den Schrank stellen...

Die Holzlöffel lässt mein Mensch auch nicht mehr auf der Anrichte liegen, nachdem ich die alten kaputt gebissen habe («Die Holzspäne sind gefährlich für dich!») Muss ich noch erwähnen, dass sie mir auch die Fliegenklatsche, den Filzstift und die Nagelfeile («Plastik ist auch gefährlich!») weggenommen hat, bevor ich sie ganz kaputt hatte?

Dann versucht sie mich für unseren Korb mit Hundespielzeug zu begeistern. Ist ja alles schön und gut, aber da gibt's nun mal keine Holzlöffel, Fliegenklatschen, Stifte und... äähh... auch keine Lederpantoffeln.

Das mit den Fressnäpfen der Katzen hat heute Abend wieder nicht geklappt. Dafür habe ich aber eine leere Dose Hundefutter geklaut. Eigentlich darf ich das auch nicht; ich glaube, sie hat das wohl gesehen, aber tat so, als hätte sie nichts gemerkt.

Also die Dose habe ich erst mal ausgeleckt (was mein Mensch leer findet, ist nämlich noch gar nicht ganz leer!). Dann habe ich das Papier, das drum herum war, abgerissen und in kleine Stückchen zerlegt. Zwischendurch lief ich ganz stolz mit meiner Beute durchs Zimmer, von der Couch in die Bench, dann wieder auf das Hundebett und schließlich in mein Himmelbett.

Und dort – ich geb's zu – bin ich eingeschlafen…
neben der Dose!

Hinter Gittern

Ich hatte einen voll ermüdenden Tag. Mein
Mensch wollte ausschlafen, weil sie nachts so
schlecht geschlafen hatte (erzähl mir einer was!
Andauernd das Licht an, und wir müssen zu allem
Ja und Amen sagen…), also war es ziemlich spät, als
wir uns endlich zum Spaziergang aufmachten.

An den Stellen, an denen ich immer an die Leine muss, waren wir schon vorbei gefahren. Also wusste ich, was das bedeutete: Freilauf! Und meine Kumpels wussten es auch. Wir starten also durch zu einem schönen Konzert, mein Mensch stimmt dann immer mit ein, und wir heulen alle zusammen. Ich kann fast nicht warten, bis ich endlich aus dem Auto darf. Jetzt wo Pacho nicht mehr bei uns ist, erkunde ich allein den Wald. So weit, so gut.

Wenn ihr das Warten zu lange dauert, geht mein Mensch manchmal zwischendurch weg und holt mich später wieder ab. Ist ja auch nicht so toll, in dieser Eiseskälte stundenlang im Auto zu sitzen, kann ich mir vorstellen.

Ich weiß das ja und warte dann meist auf dem Parkplatz, oder aber ich komme aus dem Wald gerast, wenn ich das Auto höre. Das hatte ich heute auch vor; aber als ich beim Parkplatz an kam, liefen dort Spaziergänger, und ein Förster war auch da.

Die Spaziergänger erzählten ihm, dass ich hier schon seit einer Woche herumlaufe. Was? Ich? Ich bin hier höchstens seit drei Stunden! Oh, bitte, lass die Leute sich da doch raus halten, dann kommt gleich mein Mensch, und alles ist in Ordnung. Aber leider haben die das nicht geschnallt. Sie haben mich gefangen, und ich ging mit ins Auto des Försters.

Hurra, er schlug die Richtung nach Hause ein, also doch noch alles im grünen Bereich!

Aber nein, der Typ fährt durch unser Dorf durch und ins nächste Dorf... zum Tierheim. Das war ja nun nicht der Sinn der Sache.

Als wir ankamen, bellten unheimlich viele Hunde. Hé, Leute, ich gehör' hier nicht hin. Ich habe doch schon ein Zuhause! Aber auf mich hört ja mal wieder keiner.

Jemand hat kontrolliert, ob ich gechipt bin. Das ist der Fall, also dachte ich: Die rufen jetzt meinen Menschen an. Aber aus unerfindlichen Gründen konnten sie die Chipnummer nicht zuordnen. So kommen wir also auch nicht weiter. Was nun?
Ein Mitarbeiter des Tierheims nahm mich mit in einen anderen Raum, und ich wurde allein in einen Zwinger gesperrt. Betonboden. Gittertüre zu. Da saß ich nun. Ohne mein Himmelbett, ohne Decke zum Zudecken. Glaubt mir, Leute, ich tue zwar immer, als ob ich so „tough" bin, aber mir war ganz schön mulmig.

Nun muss ich euch kurz erzählen, was mein Mensch inzwischen mitgemacht hat: Sie kam also zum Parkplatz zurück, um mich abzuholen. Natürlich war ich nicht da, denn ich war ja auf dem Weg ins Tierheim. Nach einer Weile wurde sie von Leuten angesprochen, die sie fragten, ob sie einen Hund vermisst, und die eine genaue Beschreibung von ihr hören wollten (habe ich wirklich so große Ohren?) Von den Leuten hörte sie dann, was passiert war.
Sie fuhr also zum Forstamt und hoffte, mich dort abholen zu können. Inzwischen war ich aber schon ins Tierheim gebracht worden. Mein Mensch rief sofort dort an, dass sie auf dem Weg dorthin sei.

Und jetzt kommen unsere Geschichten wieder zusammen: Mein Mensch kam ins Tierheim. Als sie die Quarantänestation betrat und ich ihre Stimme hörte, sprang ich sofort auf, um sie zu begrüßen. Die Begrüßung habe ich aber kurz gehalten. Ich wollte nur eins: Weg hier!

Auf dem Weg nach Hause habe ich noch ein bisschen gewinselt, und nach dem Essen habe ich mich in meinen Sessel zurückgezogen. Ohne Gitter.

Ich habe unruhig geschlafen und geträumt, gewinselt, gebellt und mit den Pfoten geschlagen. Man muss schließlich alles im Traum verarbeiten, was man mitgemacht hat. Und das war für einen Tag mehr als genug. Ja, sogar für meine Begriffe!

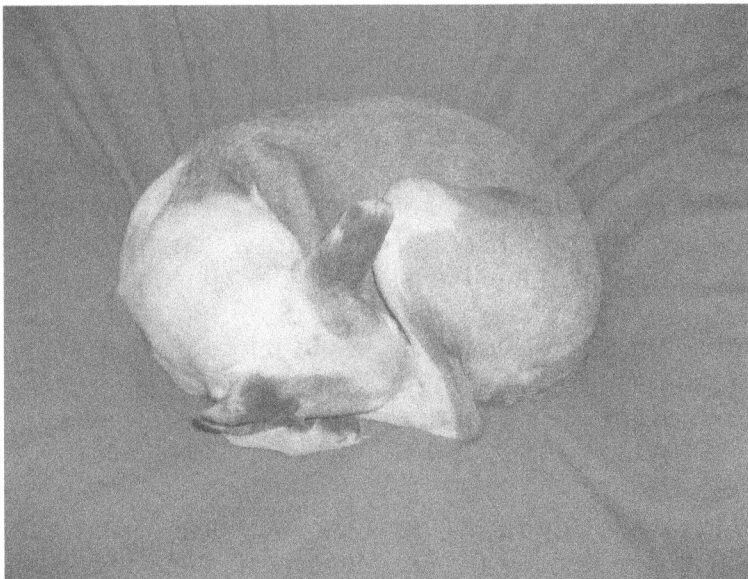

Urlaubstagebuch

Freitag:
Mein Mensch schleppt Koffer und Taschen herum, und seitdem kleben Flits und das Staubtuch auf Pfoten an ihr wie Pech. Denn sie wissen, was Koffer und Taschen bedeuten: Der Urlaub naht. Na und? Aber diesmal ist es anders, denn als mein Mensch endlich fertig ist, alles ins Auto zu packen, stellt sich heraus, dass wir alle mitfahren. Na, das wird dir noch leid tun!

Beim Ferienhaus angekommen, werden wir erst mal in den Garten geschickt, sodass mein Mensch alle Sessel und Sofas abdecken und Herrchen das Auto ausladen kann.

Ich staune nicht schlecht. Der Garten ist echt riesig! Und überall Gebüsch, Zweige und Blätter zum Graben, Schnüffeln und sich Verstecken. Es gibt sogar einen Gartenteich. Einen Nachteil hat der Garten allerdings: Er ist ganz hoch eingezäunt.

Die Ferienwohnung selbst ist auch nicht schlecht. Abends mache ich es mir in dem weichen Korb ge- mütlich, den mein Mensch vor die Heizung gestellt hat. Oder nein, doch lieber auf dem Sofa. Oder doch lieber im Sessel. Wisst ihr was? Ich leg' mich neben meinen Menschen ins Bett, unters Deckbett. Hat sie bestimmt nichts dagegen. Gute Nacht!

Samstag:
Ich habe entdeckt, dass es hier drei Türen zum Garten gibt. Wenn die Menschen dich ins Haus rufen, kannst du dich immer vor die falsche Tür

stellen. Tolles Spiel, und so bleiben sie ein bisschen in Bewegung.

Heute sind wir zu einem Strand gegangen. Irre viel Platz hier. Ich bleibe ziemlich in der Nähe und komme auch zum Auto zurück, als sie weg wollen. Denn wenn ich mich jetzt anständig benehme, darf ich vielleicht den ganzen Urlaub frei laufen.

Sonntag:
Heute musste ich an die Leine. Das ist gemein, wo ich mich gestern so gut benommen habe. Aber wir müssen noch weg, einen neuen Hund abholen (Was? Noch einen?), und meine Leute haben Angst, dass ich nicht zeitig zurück sein würde. Bisschen Vertrauen nach acht Jahren? Kannste vergessen!

Montag:
Der neue Hund ist da. Seronda heißt sie. Wieder kein Podenco, sondern ein Mastinmischling. Ich hoffe schon seit Jahren, dass mein Mensch noch einen Podenco aufnimmt. Ich bin doch ein ganz toller und unkomplizierter Hund, also warum nicht? Aber darauf kann ich warten, bis ich graue Haare bekomme, obwohl... die habe ich schon!

Ich bin schon ein bisschen mit der Neuen durch den Garten gerannt. Scheint soweit ja ganz in Ordnung zu sein. Mal abwarten, ob sie ein Kumpel wird oder sich vom Menschen erziehen lässt...

Dienstag:
Echt klasse hier. Fast jeden Tag Freilauf, und nach einer Stunde komme ich freiwillig zurück. Das liegt

daran, dass wir nie in den Wald gehen wie zuhause. Zwei Mal am Tag gehen wir hier an kleine Strände. Da sind Enten und Wasservögel, die kann man in den See jagen. Aber das war's dann auch. Kaninchen gibt's nicht, Mäuse auch kaum. Also wenig Grund abzuhauen.

Zwischendurch mache ich dann oft noch einen extra Spaziergang mit Flits und Herrchen, allerdings an der Leine.

Mittwoch:

Flits hatte Lust, endlich mal wieder alleine mit Herrchen spazieren zu gehen. Er fragte mich, ob ich ihm dabei helfen will. Was soll ich euch sagen: Podencos sind Rudeltiere, da konnte ich meinen Kumpel doch nicht hängen lassen.

Also alle zusammen Freilauf und ich sofort abgehauen. Ich bin drei Stunden weggeblieben, das müsste reichen. Tat es auch. Nach einem gemeinsamen Spaziergang (ohne mich natürlich) haben meine Leute noch eine Weile beim Auto gewartet, und dann ist Herrchen tatsächlich allein mit Flits aufgebrochen, um eine Runde um den ganzen See zu laufen und mich zu suchen. Ich habe mich natürlich nicht blicken lassen.

Amüsiert habe ich mich prima. Leider habe ich nicht gut aufgepasst, als ich durch Stacheldraht gekrochen bin und mir beide Ohren verletzt. Warum muss ich auch solche Wahnsinnsohren haben! Aber das war's wert. Einem Kumpel geholfen und selbst einen spannenden Vormittag gehabt. Was will man als Podenco noch mehr?

Donnerstag:
Der Urlaub neigt sich dem Ende zu. Ich durfte noch mal frei laufen, und weil ich das so lieb von meinen Leuten fand, bin ich nur zwei Stunden weg geblieben.

Im Ferienhaus ist es ein wenig ungemütlich, alles wird eingepackt und so. Aber mein Körbchen bleibt natürlich bis zuletzt stehen.

Freitag:
Heute Morgen hat mein Mensch mich sehr früh geweckt, weil wir vor 10 Uhr das Ferienhaus räumen müssen. Also in dem Punkt sind wir beide uns ausnahmsweise mal völlig einig: Wir sind beide Morgenmuffel!

Wir fahren also wieder nach Hause, und ich muss sagen: Ich finde das eigentlich ganz okay.

Am Strand

Die letzten Monate waren gar nicht mal so übel. Obwohl ich nicht mehr so oft frei laufen darf seit dem Gespräch, das mein Mensch mit dem Förster hatte (oder eigentlich umgekehrt...), bin ich doch auf meine Kosten gekommen.

Im Juni haben wir andere Hundemenschen besucht, die auf einem Campingplatz am Strand Urlaub machten. Sie haben vier Hunde, Podencos und Mischlinge, also hatten wir riesigen Spaß.

Fing schon gleich an, als wir ankamen. In ihrem Garten lagen nämlich überall Kauknochen, und wir – als Gasthunde – durften die einfach so nehmen. Wenn ich dran denke, was für ein Theater mein Mensch immer macht, wenn wir ab und zu mal so ein Teil kriegen...

Am Strand selbst war es glaube ich auch ganz nett. Aber davon habe ich nicht so viel mitgekriegt, ich war nämlich im Gebüsch beschäftigt.

Meine Kollegen haben alle Hunde, die auf den Strand wollten, mehr oder weniger erfolgreich vertrieben, weil der Strand natürlich ihnen gehörte. Logisch, oder? Fand mein Mensch aber nicht. Ihr wisst, wie schwierig sie ist. Angeblich ist sie doch immer für Deutlichkeit und Konsequenz? Na also, dann sollte man doch meinen, dass dieses Verhalten meiner Kollegen genau richtig ist! War's aber nicht. Mensch, ich bin froh, dass ich schon vor langer Zeit aufgegeben habe, ihr was recht zu machen!

Nach anderthalb Stunden kam Herrchen mich suchen, und obwohl nur meine Schwanzspitze aus dem Loch heraus guckte, das ich gegraben hatte, hat er mich doch gefunden. Schade.

Zu warm?

Darf ich noch was loswerden zum Thema Schlafen? In unserem Schlafzimmer haben wir jetzt im Sommer so um die 28 Grad. Also endlich mal eine angenehme Schlaftemperatur! Was macht mein Mensch? Kommt mit nassen Waschlappen ange-latscht, um unsere Füße zu kühlen.

Bonita freut sich wie ein Schneekönig, denn sie hechelt ganz schön. Lässt sich sogar den Kopf mit dem kalten Wasser abwaschen (igitt, allein schon die Vorstellung!) Aber gut, das ist ja ihre Sache. Aber als mein Mensch mit dem nassen Lappen in meine Richtung kommt, ziehe ich demonstrativ die Füße ein und schaue sie nur an. Aber wie! Prima, das kommt rüber, und sie zieht sich diskret zurück... mitsamt ihrem Waschlappen.

Ansonsten schiebe sogar ich eine ruhige Kugel bei der Hitze. Liege höchstens 'ne halbe Stunde in der Sonne – mein Mensch findet mich völlig durchgeknallt – und ziehe mich dann ins Haus zurück, meistens unter den Tisch oder in meinen Zimmerzwinger.

Ich stelle auch nicht so viel an. Lasse sogar das Katzenfutter auf der Fensterbank stehen und klaue nicht das Brot vom Teller, wenn mein Mensch noch schnell ins Haus geht, um ein Glas Milch zu holen.

Also nicht sehr aufregend alles. Aber keine Angst, irgendwann wird's auch mal wieder kühler...

Übrigens, erinnert ihr euch noch an Seronda, unseren neuen Hund? Ich hatte doch erzählt, dass ich abwarten muss, ob sie ein Kumpel wird oder sich erziehen lässt? Nun, bisher ist es so'n bisschen dazwischen drin. Manchmal haut sie zusammen mit mir ab; aber manchmal lässt sie sich auch für 'n Stück Käse zurückrufen. Also warten wir's ab.

Zu weit gegangen

Ich glaube, dass ich es diesmal wirklich versaut habe. Herrchen war vor einer Weile mit uns auf einem Sandweg unterwegs, auf der einen Seite ein Bach und auf der anderen Seite Felder. Er hatte mich frei laufen lassen, und ich blieb immer so fünfzig Meter vor ihm und ging auch brav mit ihm zum Auto zurück. Das war allerdings das erste Mal, dass ich dort frei laufen durfte.

Mein Mensch wollte heute das Gleiche versuchen. Versuchen, ja, denn geklappt hat es nicht. Der erste Teil ging noch ganz gut, aber die fünfzig Meter wurden hundert Meter und mehr, und wenn mein Mensch mich rief, habe ich natürlich nicht reagiert. Normalerweise kann sie mich schon nicht einholen, geschweige denn bei 35 Grad im Schatten! Dann ist sie nämlich noch langsamer als sonst.

Trotzdem gab sie den Mut nicht auf, denn als sie den Rückweg einschlug, kam ich mit. Nur rannte ich in so hohem Tempo an ihr vorbei, dass sie keine Chance hatte, mich einzufangen. Ich hatte mich immer schon mal auf den Feldern umsehen wollen, dies erschien mir also eine prima Gelegenheit. Da stand zwar ein Schild „Empfindliches Gebiet – nicht betreten", aber das gilt sicher nicht für Podencos. Hab' mich auch total amüsiert. Wie lange weiß ich nicht. Wenn man Spaß hat, fliegt die Zeit.

Irgendwann bin ich dann auf den Sandweg zurückgekommen, um meine Kumpels zu begrüßen. Mein Mensch rief mal wieder. Sie versuchte, fröhlich zu klingen – hat sie in der Hundeschule gelernt –, aber mich kann sie nicht für dumm verkaufen. Also raste ich wieder an ihr vorbei. Ich glaube, dass sie da schon anfing, ein ganz kleines bisschen ärgerlich zu werden. Ich erspare euch die Einzelheiten, aber das wiederholte sich noch einige Male.

Zum Schluss hatte ich es auch ziemlich warm gekriegt. Auf der anderen Seite des Feldweges, wo das Auto stand, war ein wunderschöner klarer Bach, und – mit ihrem «Duuuunyaaaaa!» in den Ohren – überquerte ich den Feldweg, tauchte ab und schwamm ein paar Runden. Ganz angenehm bei der Hitze.

Mein Mensch hatte nun die Schnauze gestrichen voll und war so was von sauer. Der Schweiß lief ihr über Kopf und Körper, sie sah aus, als ob sie auch geschwommen hätte. Vielleicht hätte sie das tun sollen. Etwas Abkühlung hätte ihr jedenfalls nicht geschadet.

Ich glaube, dass ich dieses Mal vielleicht doch ein ganz kleines bisschen zu weit gegangen bin. Als ich wieder am Ufer war, fasste sie mich am Halsband und zerrte mich zum Auto. Ja, wirklich, sie zerrte mich, anders kann man das nicht nennen. Obwohl sie doch in der Hundeschule gelernt hatte, dass man immer fröhlich reagieren muss, wenn der Hund zurückkommt. Darauf kann ich mich also auch nicht mehr verlassen.

Seitdem hat sie nicht mehr mit mir geredet. Nicht mal geschimpft hat sie. Ignoriert mich völlig. Das passt mir ja nun auch wieder nicht. Ich glaube, ich hab's jetzt wirklich endgültig versaut...

Bin ich der einzige Podenco?

(Dunyas Bitte um Leserbeiträge für
die Podencozeitung)

Also manchmal habe ich den Eindruck, dass ich der einzige Podenco bin in den Niederlanden und in Deutschland. Was ist los, Leute? Gibt es denn wirklich gar nichts, was ihr von eurem Podenco erzählen könnt und was die Leser interessieren würde? Oder habt ihr alle solche Superhunde, die nie was ausfressen, immer brav gehorchen und... kurz und gut: stinklangweilig sind? Kann ich mir gar nicht vorstellen.

Ich habe mich ja breitschlagen lassen, eine Rubrik in der Podencozeitung zu schreiben. Ja, der *Podenco*zeitung wohlgemerkt. Aber wenn ich weiterhin so von den Galgos überstimmt werde, dann muss ich mir noch mal schwer überlegen, ob ich damit weitermache.

Aber vielleicht macht das euch, den Lesern, auch gar nicht so viel aus? Schließlich sind wir ja alle spanische Hunde aus dem Tierschutz und mehr (die Galgos) oder weniger (wir Podencos) Windhunde. Und ob nun ein Galgo oder ein Podenco seine Menschen zur Weißglut bringt, kümmert ja vielleicht keinen. Dann soll's mir auch recht sein und schreibe ich weiter.

Urlaub in Frankreich

Eigentlich wollte mein Mensch ja eine Geschichte über den Urlaub schreiben, aber ich habe sie überredet, das mir zu überlassen. Sie hätte doch bloß über die Natur berichtet, und wen interessiert das schon!

Also, hier kommt *mein* Reisebericht:

Frankreich. Da sollten wir hin fahren. Das sagte mir nicht viel, aber ich dachte: Abwarten und Tee beziehungsweise Wasser trinken. Mein Mensch tat, als hätte sie den vollen Durchblick, nur weil sie sich im Internet über die Gegend schlau gemacht hatte. Aber in Wirklichkeit hatte sie natürlich null Ahnung, was uns erwarten würde.

Wir waren den ganzen Tag unterwegs, und als wir endlich da waren, redete sie die ganze Zeit nur über die atemberaubende Landschaft. Also, so Atemberaubend kann die nicht gewesen sein, denn sie hatte genug Atem übrig, um während des ganzen Urlaubes darüber zu quatschen. Glaubt mir, nach ein paar Tagen hatte ich das so was von satt!

Und mit ihrer ewigen Fotografiererei hat sie uns auch genervt. Alles, aber auch wirklich alles musste sie fotografieren. Berge, Felsen, Wälder, Dörfer, sogar die Kühe, weil die weiß waren und nicht bunt wie zuhause. Who cares!

Und wir Hunde mussten natürlich auch herhalten! In Flits fand mein Mensch ein williges Opfer. Auf einem Felsen oder Baumstamm sitzen, in die Kamera schauen oder lieber zur Seite. Man kann sich nichts ausdenken, was so verrückt ist, dass er's nicht mitmachen würde.

Mit mir hatte sie es da schon schwerer, denn ich bin immer in Bewegung. Es sah schon lustig aus, wie sie mich ständig verfolgte, die Kamera im Anschlag. Aber meist war sie viel zu langsam für mich, wie üblich. Unter uns gesagt: Wenn sie kein Teleobjektiv auf ihrer Kamera gehabt hätte, dann hätte sie wahrscheinlich überhaupt keine Fotos von mir machen können!

Einmal wollte sie mich fotografieren, nachdem ich gerade einen steilen Hang runter gerannt war, um im Bach zu trinken. Mein Mensch stand natürlich oben, auf dem Pfad. Und sie hat Höhenangst. Aber anscheinend ist mehr nötig, um sie am Fotografieren zu hindern. Sie hat sich einfach um einen Baum gefaltet, um doch noch ihr Foto zu schießen. Schade dass sie nicht sehen konnte, wie blöd das aussah. *Davon* hätte mal jemand ein Foto machen sollen!

Der Garten, der zu unserem Ferienhäuschen gehörte, taugte leider nichts – vom Podencostandpunkt aus gesehen. Ich hatte sie vorher wohl von dem eingezäunten Garten reden hören (Ich habe diese Satellitenohren ja nicht umsonst, mir entgeht nicht viel!). Aber ich hatte mir keine Sorgen darüber gemacht.

Vor einigen Jahren hatten wir auch mal ein Ferienhaus mit eingezäuntem Garten, und da war ich innerhalb von anderthalb Stunden draußen, und was mehr sagt: meine Hundekumpels auch. Also von wegen eingezäunt...

Aber dieser war so richtig eingezäunt, kein stümperhafter Zaun von anderthalb Metern, wo man als Podenco in null Komma nichts drüber springt.

Ich habe gleich nach unserer Ankunft die Grenzen des Gartens genau abgelaufen, auf der Suche nach der Schwachstelle. Aber die gab's nicht. Anscheinend wählen meine Leute die Ferienhäuser gegenwärtig sorgfältiger aus, denn im vorletzten Urlaub hatten wir auch schon so einen blöden Garten.

Trotz allem war der eingezäunte Garten nicht gar so schlimm, denn ich habe fast den ganzen Urlaub frei laufen dürfen, weil ich nicht abgehauen bin. Obwohl mich das begeisterte Gequassel von meinem Menschen ziemlich genervt hat, muss ich zugeben, dass die Umgebung echt super war.

Ich bin ja in einer Auffangstation geboren, und darum kannte ich die spanische Landschaft und die Berge nur vom Hören sagen.

Nun, hier war genau so eine Landschaft. Und ich kann euch ein Ding sagen, das sogar mein Mensch einsehen musste: Das ist genau, wozu wir Podencos geschaffen sind! Mit Lichtgeschwindigkeit die steilen Hänge hoch rasen, über Felsen klettern, das ist das richtige Leben.

Leider gab's keine Kaninchen, aber es roch sehr angenehm nach Rehen, Dachsen und Füchsen.

Den anderen Hunden hat es auch gefallen. Nur Bonita taten die Pfoten weh, weil die meisten Wege ziemlich steinig waren. Und sie hat sehr empfindliche Füßchen. Na ja, eben kein Podenco. Die Greyhounds sind ja alle solche Weicheier.

Ich habe jedenfalls den Urlaub meines Lebens gehabt. Und ich finde, dass wir eigentlich da hin umziehen sollten. Aber dann bitte in ein Haus mit einem Garten der etwas Podenco-freundlicher ist. Wie soll ich denn sonst meine Künste als Super-Ausbrecher unter Beweis stellen!

Die Kartoffel

Ich liebe rohe Kartoffeln*. Keine Ahnung, ob das typisch ist für Podencos; jedenfalls ist es typisch für mich. Letztens hatte Herrchen einen Sack Kartoffeln unwiderstehlich in Podencohöhe in die Küche gestellt. Das war natürlich sehr aufmerksam, auf die Art konnte ich mich selbst bedienen. Eine Art laufendes Buffet.

Natürlich hat mein Mensch mir wieder einen Strich durch die Rechnung gemacht.

Das bedeutet, dass ich jetzt „arbeiten" muss, um eine Kartoffel zu bekommen, also meine ganze Trickkiste drauf loslassen: mich ganz brav hinsetzen, Pfötchen geben, hochspringen, Ohren in den Nacken legen und lachen. Aber ich habe jedenfalls immer Erfolg damit.

* P.S. von Dunyas Mensch: Inzwischen weiß ich, dass rohe ungeschälte Kartoffeln giftig sind. Also sollte man mit dem Geben von rohen Kartoffeln sehr vorsichtig sein (gekochte Kartoffeln sind kein Problem).

Wenn ich dann eine Kartoffel erbeutet habe, rase ich damit ins Wohnzimmer auf die Couch, um sie in aller Ruhe zu zerlegen (die Kartoffel, nicht die Couch, denn ich bin ja ein braver Hund!)

Ihr wisst ja, dass mein Mensch nicht gerade eine Intelligenzbestie ist, nicht? Nun hatte sie wieder mal einen ihrer genialen Einfälle. Ihre Logik war folgendermaßen: Dunya liebt rohe Kartoffeln. Das nächste Mal beim Freilauf gebe ich ihr eine rohe Kartoffel als Belohnung anstelle von Käse, wenn der Rückruf klappt. Dann gehorcht sie bestimmt viel besser.

Nun, für einen Menschen mag das logisch klingen, aber das ist es natürlich nicht.

Gesagt, getan. Beim nächsten Freilauf rief mein Mensch mich. Ich kam freudig angelaufen, um mein Stück Käse in Empfang zu nehmen. Und was kriege ich? Eine Scheibe rohe Kartoffel. Ja, eine *Scheibe*, stellt euch vor, sie hatte die Kartoffel in Scheiben geschnitten. Muss ich noch mehr dazu sagen?

Wenn ihr jemals daran gezweifelt habt, dass mein Mensch nichts, aber auch gar nichts von uns Podencos versteht, dann ist das jetzt doch wohl deutlich. Ein Teil der Freude ist das Zerlegen der Kartoffel. Aber wie soll man denn eine Kartoffel-*scheibe* zerlegen?!

Zum Glück hat mein Mensch an meiner Reaktion gemerkt, was ich von ihrer Idee halte, und nimmt jetzt wieder Käse mit auf den Spaziergang, wie es sich gehört.

Übrigens tut Herrchen mir öfter mal einen Gefallen. Wenn er unser Fressen zubereitet, dann kriege ich nicht so eine halbe Portion wie bei meinem Menschen, sondern eine schöne volle Futterschüssel. Dadurch habe ich allerdings im Laufe der Jahre ein paar Kilöchen zugelegt, das bleibt ja nicht aus. («Alles Muskeln!», sagt Herrchen; «Sie wird viel zu fett!» sagt mein Mensch).

Aber was ich nun gar nicht nett finde, dass Herrchen mich „Dickerchen" nennt, weil ich keine hochgezogene Bauchlinie mehr habe. Als wenn er selbst oder mein Mensch so schlank wären (über hochgezogene Bauchlinie wollen wir schon gar nicht reden!) – bestimmt auch alles Muskeln, was?! Ich würde sagen: Seht mal ab und zu in den Spiegel, Leute, bevor ihr hier blöde Bemerkungen über meine Figur macht!

Cafébesuch

Ob wohl der Humor der Menschen abnimmt mit dem Alter? Es hat fast den Anschein. Denn wie sonst ist es zu erklären, dass mein Mensch letzte Woche so giftig war?

Ich hatte Freilauf und kam nach sechs Stunden brav zum Auto zurück. So sollte es doch sein, oder nicht? Dass ich zum Auto zurückkomme, meine ich, nicht dass ich sechs Stunden weg bleibe.

Jedenfalls fand mein Mensch das gar nicht gut, meckerte rum von wegen «... das hat mich den ganzen Tag gekostet...» und dass sie „den Hund" (damit meinte sie mich!) nächste Woche an der Leine lassen würde.

Wenigstens Herrchen hatte ein Einsehen, und er meinte, er würde am Wochenende allein mit uns spazieren gehen, und dann dürfte ich frei laufen. Mein Mensch durfte zuhause bleiben und an der Podencozeitung arbeiten, Mails beantworten und dergleichen unnützer Kram.

Herrchen hatte sich die Sache gut überlegt und fuhr zu einer Stelle, an der ich noch nie frei gelaufen hatte. Er meinte, auf unbekanntem Gelände käme ich vielleicht eher zurück.

An sich war das auch gar keine so schlechte Überlegung, zumindest für einen Menschen. Straßen gab's dort nicht, nur Felder und Wald, also erschien es ihm sicher genug.

Also erst raste ich mal den Weg runter, wo Herrchen und meine Kumpels eine halbe Stunde für brauchen. Ich war damit in zwanzig Sekunden fertig. Was jetzt? Rechts oder links in die Felder? Ich entschied mich für rechts, rannte herrlich über die Wiesen und nahm gleichzeitig alle interessanten Gerüche in mir auf.

Ganz, ganz weit weg sah ich Herrchen und die anderen Hunde laufen.

Als ich damit fertig war, wollte ich gern noch die Felder auf der anderen Wegseite erkunden... und äääh... vielleicht noch einen ganz kurzen Blick in das Waldstück werfen, das dahinter lag?

Gesagt, getan. Herrchen sah mich vorbei fliegen und in der Ferne verschwinden. Das Letzte, das er von mir sah war, dass ich ihm die Zunge raus streckte, aber das kann er sich auch nur eingebildet haben...

Als die Felder und auch der Wald keine nennenswerten Geruchsgeheimnisse mehr bargen, wollte ich zum Auto zurück. Oh je, wo stand das noch mal? War es in dieser Richtung... oder doch in der anderen?

Ich machte mir darüber keine unnötigen Sorgen, wir Podencos haben eine Art eingebauten Radar, also wenn ich den Weg immer geradeaus gehe, dann komme ich von selbst zum Auto.

War wohl nichts. Ich stand auf einmal ... auf der Straße. Ich muss also viel weiter gelaufen sein, als ich dachte. Aber die Chance, von hier aus das Auto wiederzufinden, war verdammt klein.

Also lief ich in die Richtung, von der ich dachte, dass sie nach Hause führt (was auch stimmte, wie sich hinterher herausstellte!), als ich plötzlich meinen Namen hörte. Jemand rief mich. Aber es war nicht Herrchen, sondern Carla, die Wirtstochter unseres Stammcafés. Die finde ich auch ganz lieb, darum lief ich gleich zu ihr hin, immer noch mitten auf der Straße. Zum Glück fuhr in dem Moment gerade kein Auto vorbei.

Als ich bei Carla war, stürzten sich sofort ihre drei Hunde auf mich, mit denen ging sie nämlich gerade Gassi, und die mögen mich nicht so. Das hat mich dann doch ein bisschen erschreckt, denn die sind alle Drei viel größer als ich.

Aber die Rettung war nahe, denn ich sah plötzlich unser Stammcafé. Ja, da musste ich hin.

Ich setzte mich vor die Tür, ließ ein ohrenbetäubendes Heulen hören und wurde sofort eingelassen.

Ich bin dort bekannt, also wurde mir ein gemütliches Plätzchen zugewiesen, und ich bekam sogar noch einen Kauknochen, während die nette Wirtin meinen Menschen zuhause anrief. «Ich glaube, dass du Dunya vermisst...?»

Mein Mensch rief dann gleich Herrchen auf dem Handy an, der klemmte sich hinters Steuer und holte mich ab.

Nein, heute Mittag hatte ich keine Lust, noch mal spazieren zu gehen. Ich bin gemütlich auf der Couch liegen geblieben.

Aber nun frage ich mich doch, wofür ich eigentlich den Kauknochen gekriegt hatte. War es die Belohnung dafür, dass ich ganz selbständig den Weg zu unserem Stammcafé gefunden habe? So wird's wohl sein...

Das Schaffell

Mein Mensch hat ein Schaffell gekauft. Für Bonita. Natürlich ist dieser guten Tat einiges vorausgegangen:

Bonita kommt von der Rennbahn und hat Gelenkprobleme, also muss sie weich liegen. Na gut, soweit ist mir das schon klar. Aber dann: Wenn mein Mensch im Winter nach dem Spaziergang noch einen Kaffee trinken geht und Bonita mit darf, dann legt sie ihre eigene Jacke, die mit Schaffell gefüttert ist, für Bonita auf den Boden.

Bonita ist zwar kein Podenco, aber blöd ist sie nicht, also legt sie sich immer ganz schnell hin, viel schneller, als wenn mein Mensch eine normale Decke mit nimmt.

Daher fand mein Mensch also, dass Bonita ein Schaffell bekommen sollte.

Sparsam wie sie ist, wollte sie das Fell lieber in der Nähe kaufen, denn das spart die Versandkosten. Ja, vielleicht... außer wenn man absolut keinen Orientierungssinn hat und kreuz und quer durch die halbe Provinz düst, um die betreffende Adresse zu finden. Sie hatte Herrchen mitgenommen, weil er einen besseren Orientierungssinn hat (nicht dass es dazu viel braucht!), aber das hat auch nicht wirklich geholfen.

Nun gut, schließlich und endlich war *das Fell* da und wurde mit viel Trara auf unser Bett gelegt. Dann passierte, was ich euch gleich hätte vorhersagen können: Bonita schnüffelte an dem komischen Ding, zog sozusagen die Nase davor hoch und legte sich aufs Sofa.
Ich wollte mal nicht so sein, und mein Mensch tat mir auch ein bisschen leid nach all der Mühe, die sie sich gegeben hatte, also legte *ich* mich aufs Schaffell. Aber das passte ihr nicht, denn es war ja für Bonita...
Also legte sie das Teil aufs Sofa in der Hoffnung, dass Bonita sich dann drauflegen würde. Tat sie natürlich nicht. Ich musste also wiederum meinen Platz wechseln, um auf dem Fell liegen zu können. Kleine Daisy kam dazu, das sah lustig aus, denn so einen weißen Malteser sieht man auf dem weißen Schaffell fast nicht liegen.

Also wie sich die Sache weiter entwickelt, müssen wir abwarten. Vorläufig schleppt mein Mensch das Fell den ganzen Tag quer durch die Gegend, von einem Schlafplatz zum anderen in der Hoffnung, dass Bonita sich irgendwann mal drauflegt.

Und bis dahin... opfere ich mich auf. Tja, als Podenco hat man ein schweres Leben...

Überlegungen zum Thema Jagd

Aus unerfindlichen Gründen darf ich hier keine Kaninchen jagen. In Spanien werden wir streng bestraft, wenn wir keine Kaninchen fangen, und manche Podencos müssen das sogar mit dem Leben bezahlen. Aber darüber will ich hier nicht reden, das wisst ihr ja eh. Jedenfalls soll ich hier auf einmal meine Jagdleidenschaft vergessen und ein braver

Haushund sein. Die Menschen sind schon irgendwie seltsam.

Mein Mensch lässt mich darum ab und zu Mäuse fangen. So ganz passt ihr das auch nicht, aber sie findet, dass sie mir einen „jagdlichen Ausgleich" verschaffen muss. Na ja...

Der Förster hat sie daraufhin sogar schon mal angesprochen. Er meinte, die Raubvögel seien hier fast ausgestorben, weil sie zu wenig Nahrung finden. Ah ja, und das soll dann meine Schuld sein? Bei den paar Mäusen, die ich mal fange?

Also ich weiß nicht, das erscheint mir doch etwas zu viel – zweifelhafte – Ehre für einen einzigen kleinen Podenco. Mein Mensch fand das zum Glück auch.

Aber wie dem auch sei, ich bin immer froh, wenn ich allein unterwegs bin, da kann ich endlich mal wieder ungestört Mäuschen fangen, ohne dass mir der blöde Greyhound dazwischen funkt.

Bei Mäuschen muss man sich nämlich ganz langsam und leise anschleichen, um überhaupt eine Chance zu haben. Trotzdem geht es dann doch meist schief. Aber wenn Bonita mit mischt, dann ist mein Scheitern beim Mäusefangen vorprogrammiert.

Wenn sie sieht, dass ich auf drei Beinen, den Kopf schief, im Gras stehe, um die Maus zu orten, dann kommt sie an getrampelt wie ein Bernhardiner, womit gleich alle Mäuse im Umkreis von hundert Metern vorgewarnt sind. Da kann ich dann nur noch die Schultern zucken und weiterlaufen.

Bonita bleibt dann noch eine Weile hoffnungsvoll stehen, weil sie anscheinend erwartet, dass die Maus ihr geradewegs in die Schnauze wandert. Wenn das nicht klappt, geht auch sie weiter. Aber meine Chance ist damit definitiv vertan.

Ein Podenco in den Niederlanden hat's wirklich nicht leicht. Wozu er eigentlich auf der Welt ist, das darf er nicht tun. Und wenn er mal einen Hasen erlegt, dann gibt's sofort ein Riesentheater.
Wie steht es eigentlich mit all den Autos, die Wild überfahren, und all den so genannten Hobbyjägern, die es abschießen? Ich habe noch nie mitgekriegt, dass da so ein Theater drum gemacht wird.

Aber die Erklärung liegt ja auf der (Jäger-)Hand: «Die Hobbyjäger bezahlen dafür!» wie unser Jagdpächter es so treffend ausdrückt.

Die Antwort, die mein Mensch ihm daraufhin gab, kann ich hier aus Gründen der Schicklichkeit nicht wiederholen...

Verfaulter Fisch

Wisst ihr, wie wunderbar verfaulter Fisch riecht? Ich wusste das natürlich schon lange, aber jetzt weiß mein Mensch es auch. Seit heute.

Sie hatten den Graben ausgehoben, und überall lagen verfaulte Algen, hier und da ein toter Fisch dazwischen. Für mich war das beim Spaziergang eine anziehende Alternative zum Mäuse fangen.

Natürlich hatte mein Mensch ganz andere Ideen. Als ich mich gerade auf den Bauch legte und meinen Hals mit dem Duft ein rieb, zog sie mich zurück. Aber dadurch schleifte sie mich durch die Algen, sodass auch noch meine Körperseite parfümiert wurde.

Im Auto machte sie alle Fenster auf und beklagte sich über den „Gestank" (ihr müsstet mal riechen, womit *sie* sich morgens einschmiert, also da wird einem erst recht schlecht!)

Ich erspare euch die demütigen Details, aber ich wurde sofort mit in die Dusche genommen, der

Fisch- und Algenduft abgewaschen, und jetzt stinke ich drei Meilen gegen den Wind nach Teebaumöl. «Mmmmm... lecker...», sagt mein Mensch. Über Geschmack lässt sich ja bekanntlich nicht streiten...

Beschwerden

Tut mir leid, Leute, aber ich muss mich jetzt mal beschweren. Seitdem wir dem Förster begegnet sind und mein Mensch ein unerquickliches Gespräch mit ihm hatte über frei laufende Windhunde (bin ich nicht mal!), Wild und so weiter, fahren wir nicht mehr an den Heidesee, wo ich immer frei laufen durfte.

Letztens fuhren wir wieder dort hin, nach Wochen. Da kam Freude auf. Aber nichts war. Packt mein Mensch die Ausziehleine, Mensch, war ich sauer...

Wir haben jetzt eine Alternative, wo ich frei laufen darf, ist aber viel weniger schön. Praktisch kein Wild. Auf der einen Seite ist ein Kanal, also da läuft nichts, und auf der anderen Seite etwas Gebüsch und ansonsten nur kahle Felder. Da kann sich kein Reh oder Kaninchen drin verstecken.

Weil man sich als Podenco ja schließlich irgend was ausdenken muss, um zum Zuge zu kommen, begebe ich mich manchmal nach dem Spaziergang in eben diese Felder. Da kann ich wenigstens ein paar Mäuse fangen. Als ich das zum ersten Mal gemacht hatte, kam mein Mensch hinter mir her. Aber sie wurde von dem Bauern, dem das Land gehörte, zurecht gewiesen (geschieht ihr recht!), und jetzt traut sie sich nicht mehr.

Außerdem hat der Bauer jetzt beim Zugang zu den Feldern Stacheldraht gespannt. Natürlich nicht meinetwegen, sondern damit mein Mensch nicht mehr in die Felder kann. Das ist jedenfalls ein Lichtblick. Jetzt steht sie da hinter dem Stacheldraht, schaut dumm aus der Wäsche und ruft mich. Aber ich komme erst, wenn ich Lust dazu habe.

Oh ja, wo ich nun doch gerade meinem Herzen Luft mache: Mein Mensch hat einen Podengomischling aufgenommen (ja, die portugiesische Varietät wird mit einem „G" geschrieben).

Jedenfalls, Podenco oder Podengo, doch ein Artgenosse, sollte man meinen. Was Schnelligkeit und Intelligenz betrifft stimmt das auch. Sie ist ein pequeno, was „klein" bedeutet; sie hat so eine Art Dackelbeine und kann dadurch nicht so schnell rennen wie ich, aber für so eine kleine Maus ist sie doch ganz schön schnell.

Nur kommt sie mit der gleichen Schnelligkeit zu meinem Menschen zurück, wenn die sie ruft. Also zusammen los ziehen kannste vergessen.

Ich weiß nicht, ob das daran liegt, dass sie nur ein Mischling ist; vielleicht fehlt ihr gerade das Stückchen Podenco, wo das Weglaufen drin steckt. Kann doch sein. Schade!

Und – die Beschwerden nehmen kein Ende! – jetzt hat mein Mensch auch noch einen Sonnenschirm geschenkt gekriegt, den sie mitten auf der Terrasse aufgestellt hat. Ich kann also nur noch ein paar Stunden am Tag in der Sonne liegen. Mein Mensch sagt, das wäre besser für mich. Was weiß die denn schon...

Zuhause geblieben

Mein Mensch schleppte wieder mal mit Taschen. Das bedeutet ein Wochenende weg oder Urlaub – bei den vielen Taschen tippe ich jetzt mal auf Urlaub. Manchmal darf ich mit und manchmal nicht. Es ist mir nie ganz klar geworden, wovon das abhängt. Ist mir aber ehrlich gesagt auch ziemlich wurscht.

Flits und Daisy sind immer richtig panisch aus Angst, dass sie nicht mit dürfen. Lilly ist erst kurz bei uns und weiß noch nicht, was Urlaub bedeutet; daher reagiert sie neutral. Bonita müsste nach sechs Jahren eigentlich schon wissen, was Urlaub bedeutet, aber tja, sie ist und bleibt halt ein Greyhound…

Und mir ist es, wie gesagt, ziemlich schnuppe. Urlaub ist schön. Zuhause bleiben auch. Denn dann kommt Marian, die ich liebevoll Rotschopf nenne – sie hat dieselbe Haarfarbe wie ich früher; nur bei ihr bleicht die Farbe nicht so aus – und die ist ein ganz lieber Podencomensch.

Das bedeutet, dass sie stundenlang mit mir spazieren geht, wobei sie sich regelmäßig verläuft, sodass ich jede Menge neue Waldstücke zu riechen kriege; und dass sie noch nicht all meine Tricks kennt, wodurch ich manchmal unbeabsichtigt (von ihr!) frei laufen kann.

Und das wollte ich erzählen: Wir fuhren mit ihrem Auto zur Heide. Na ja, Auto… also ein richtiges Auto ist das eigentlich nicht, kein Kleinbus meine ich, kein Dog-Mobil mit einem Gitter für uns Hunde, sondern ein stinknormales Personenauto, in dem ich und Flits auf dem Rücksitz sitzen sollen. Das mache ich natürlich nicht. Ich klettere immer gleich nach vorn und setz mich neben den Rotschopf auf den Beifahrersitz.

Also, auf zur Heide. Der Rotschopf öffnet den Schlag ... und erwartet doch tatsächlich, dass ich brav sitzen bleibe und warte, bis sie mich angeleint hat ... haste gedacht! Mensch, Mädchen, wie oft hast du jetzt schon auf mich aufgepasst? Das müsstest du aber wirklich so langsam wissen. Mit einem graziösen Sprung war ich auf dem Vordersitz und aus dem Wagen.

Nature, here I come!

Die Heide kenne ich inzwischen sehr gut, also habe ich mich dort nicht so lange aufgehalten und bin gleich weiter in den Wald. Ich konnte Marian und Flits noch eine Weile hören («Duuunyaaa...!») und riechen, aber es dauerte schon noch eine Stunde, bevor ich mich entschloss, zurückzugehen.

Tja, und jetzt muss ich etwas erzählen, was für mich als intelligenten Podenco schon ein bisschen peinlich ist. Als ich auf den Parkplatz kam, erkannte ich Marians Auto nämlich nicht. Ich suchte unseren Kleinbus, sah den nicht und entschloss mich, nach Hause zurückzulaufen.

Aber da war der Rotschopf nicht. Flits auch nicht. Nein, die liefen natürlich noch über die Heide auf der Suche nach mir. Ich fing an zu heulen, denn ich wollte rein. Der Nachbar war zum Glück zuhause. Der hatte zwar keinen Schlüssel, aber ließ mich wenigstens in den Garten.

Nach einer ganzen Weile kamen Marian und Flits zurück, und ich stach meine spitze Podenconase durch das Gitter und begann ein Begrüßungsheulkonzert. Ich hatte auch so viel zu erzählen.

Ja, Leute, das war nun der erste Mittag des Urlaubes. Mal sehen, womit ich den Rotschopf den Rest der Woche noch austricksen kann.

Alte Hunde und neue Kissen

Flits ist immer der ruhende Pol in unserer Hundegruppe gewesen. Unverwüstlich. Lebhaft. Fröhlich wie ein Welpe und macho wie ein ... na ja, wie ein Macho eben.

Aber jetzt scheint es doch abwärts mit ihm zu gehen. Er liegt gern vor der Haustür, und manchmal kriegt er die Post auf den Kopf, weil er den Briefträger nicht hört. Letztens hörte er Herrchen nicht rein kommen, und das war echt das erste Mal in den zwölf Jahren seines Lebens, denn früher hörte er ihn schon, bevor er mit dem Auto in unsere Straße einbog.

Er rennt und springt auch weniger überschwänglich, solche Dinge halt. Außer bei uns Podencos geht's im Alter ja immer etwas schlechter, und Flits macht davon auf schändliche Weise Missbrauch.

Letzte Woche war er auf dem Spaziergang viel gerannt und hatte danach Probleme, auf den erhöhten Liegeplatz im Auto zu springen. Logisch, oder?!

Wenn mir das mal passiert – und das kommt nicht oft vor, kann ich euch sagen, da muss ich schon mindestens drei Stunden durch die Felder gedüst sein – dann ruft mein Mensch: «Stell dich nicht an, eigene Schuld. Hopp, springen!»

Nicht bei Flits. Er stellt seine Vorderbeine auf die Erhöhung und schaut den Menschen schmachtend an (ich bin mir sicher, den Blick hat er vorm Spiegel einstudiert!). Und sie fällt voll drauf rein. «Ach, mein armer Junge, hast du Probleme mit den Hinterbeinchen?» (igittigitt, wo ist der Spucknapf...).

Anschließend baut sie für den Typ den ganzen Bus um. Meinen großen Korb, der auf dem erhöhten Liegeplatz stand, hat sie in den niedrigen Teil des Busses gestellt, und da liegen jetzt die beiden Weicheier, Flits und Bonita, zusammen drin.

Und ich? Mir wird ein Mini-Hundekorb verpasst. Nun ja, ich kann natürlich schon noch ausgestreckt drin liegen, aber eben nicht mehr quer, wenn mir zufällig danach ist. Und neben mir steht jetzt der Reisekorb mit unserer überaktiven Lilly. Die ganze Fahrt habe ich jetzt also dieses Nervenbündel neben mir. Schon was anderes als Flits und recht gewöhnungsbedürftig.

Und Flits ist zwar alt, aber nicht blöd. Also kultiviert er seine Zipperlein und manipuliert unseren Menschen nach Strich und Faden.

Wenn sie irgendwo hin geht, wo wir eigentlich im Auto bleiben müssen, dann macht Flits dankbar Gebrauch von dem traurigen Blick, den er ja doch schon geübt hatte. Und prompt darf er mit.

Er ist schlau und weiß ganz genau, wie er unseren Menschen einwickeln muss. Wenn er einfach ungefragt aus dem Auto springen würde, dann gäb's kein Pardon: Er würde sofort zurückgeschickt. Aber einem Flits, der brav sitzen bleibt und sie mit seinem Wer-weiß-wie-lange-ich-noch-da-bin Blick an schmachtet, kann sie nicht widerstehen.

Trotzdem hoffe ich, dass unser Alter Grauer noch viele Jahre bei uns bleibt, denn … nun ja, man gewöhnt sich aneinander, nicht? Und vielleicht kann ich in der Zwischenzeit noch ein paar Tricks von ihm lernen. Die kann ich dann gebrauchen, wenn *ich* alt bin, so in fünf, sechs, sieben Jahren…

Und jetzt mal einen Sprung von alt nach neu: Mein Mensch hat ein neues Hundekissen für mein Bettchen, gekauft, weil ich das alte Kissen mit meinen Nägeln bearbeitet hatte. Recht erfolgreich übrigens, all die Schaumgummiflocken machten sich echt prima im Wohnzimmer. Es sah voll lustig aus. Dem Menschen gefiel das glaube ich nicht so super. Sie sagte etwas, das klang wie «Grrrmmffff…». Na ja, über Geschmack lässt sich bekanntlich nicht streiten.

Aber zurück zu dem neuen Kissen: Das war natürlich herunter gesetzt, und mein Mensch kann Sonderangeboten für Hundesachen meist nicht widerstehen. Davon haben wir schon oft profitiert.

Diesmal nicht. Das neue Kissen ist nämlich ein ganz dicker Pfropfen. „Das sackt auf die Dauer ein", sagt mein Mensch. Soll sie sich doch solange selbst drauf legen, auf dem Ding liegt man nämlich alles andere als bequem! Vielleicht sollte ich da ja auch mal meine Nägel dran wetzen und was von dem Schaumgummi raus kratzen? Dann wird es von selbst dünner...

Dunyas Meinung über Coursing

Eigentlich war das Podengotreffen ja für meine Kollegen aus Portugal, aber ich durfte trotzdem hin. Ein gemütliches Beisammensein bei jemand zuhause mit ungefähr vierzig Hunden.

Wohl alles eingezäunt, denn die Leute hatten selbst Podengos und kannten also unsere gesamte Trickkiste.

Als besonderer Leckerbissen wurde eine Coursing-bahn ausgesetzt. Alle Hunde fröhlich und aufgeregt, winseln, bellen. Mensch, das war eine Stimmung! Ich stellte mich so an, dass mein Mensch mir dieses Vergnügen auch gönnen wollte.

Und dann stehst du in der Reihe. Und wartest. Mann, was dauert das lang! Noch drei vor mir, noch zwei, noch einer... ich hänge trällernd in der Leine, mein Mensch kann mich fast nicht halten. Ich sehe die Podengos vor mir begeistert hinter dem „Hasen"

her fetzen. Ich will auch! Ich will auch! Jetzt! *Sofort*!
Endlich ist es so weit, mein Mensch klickt meine Leine los und hält mich noch kurz am Halsband fest. Und dann… endlich, endlich lässt sie los. Yes! Und ich nehme einen Spurt…

Aber was ist denn das? Sieht aus wie eine Plastik Einkaufstasche mit Fell, die von einem Typen übers Gelände gezogen wird, indem er an einem Rad dreht. Also ihr meint doch nicht im Ernst, dass ich da hinter her renne, was?!

Der Mann, der die Einkaufstasche steuerte, gab sich noch große Mühe mit mir, ließ das Ding in alle Richtungen „laufen". Nein, danke.

Die Leute fingen an zu lachen – lachen die mich etwa aus? – und ich fühlte mich ziemlich rein gelegt. Tief enttäuscht und heiser vom Bellen latsche ich noch ein bisschen übers Gelände und gehe dann zurück zu meinem Menschen.

Sie steht ein bisschen verdattert da und macht die Sache auch nicht besser, indem sie fragt, wo sie den „Pudelpreis" abholen kann, eine (scherzhafte) Trophäe, die hier bei uns für die schlechteste Leistung ausgereicht wird.

Was für eine Enttäuschung!

Ich habe keine Ahnung. ob die portugiesischen Podengos so viel dümmer sind als die spanischen, dass all die Hunde sich so rein legen lassen. Ich bin jedenfalls viel zu intelligent für solchen Quatsch.

Ansonsten habe ich mich gut amüsiert, ein bisschen Agility gemacht, viel gerannt, gespielt und – ich bin ja auch nicht mehr die Jüngste – herrlich in der Sonne gedöst. Aber dieses Coursing, nee, also bleib mir damit bloß vom Leibe!

Beim Dogsitter

Das kleine Frauchen hat ihr Studium beendet. Ja, das ist auch so was Seltsames: Die Tochter von meinem Menschen nennen sie so, obwohl sie ihre Mutter haushoch überragt. Aber gut, alle ganz aufgeregt, und mein Mensch erzählt überall ganz stolz herum, dass das kleine Frauchen fertig ist mit Studieren (Wen interessiert das schon...?!).

Sie kriegt also ihr Diplom, und mein Mensch war monatelang damit beschäftigt, eine Lösung für uns Hunde zu finden, weil sie bei der Diplomverleihung dabei sein wollte. Was die sich alles ausgedacht hat...

Trotzdem war das gar nicht so einfach. Die einzige Lösung wäre gewesen, dass wir in einer Hundepension übernachtet hätten. Das soll eine Lösung sein? Mein Mensch dachte zum Glück genauso darüber, das wollte sie uns nicht antun. Also wollte sie nicht zur Diplomverleihung gehen (also, deren Tochter möchte ich nicht sein...).

Dann kam aber doch noch eine Lösung, eine richtige. Eine Pflegestelle wurde gefunden, in der Nähe von Miras Wohnort, wo wir einen Mittag bleiben konnten.

Wir mussten ganz früh aufstehen an dem Tag, und nach einer langen Fahrt kamen wir an. Unheimlich liebe Frau übrigens, Janny heißt sie. Hatte schon Kissen für uns in den Garten gelegt und Kauknochen. Solche Leute mag ich.

Janny hat selbst auch zwei Hunde, aber die sind ganz in Ordnung. Teilten problemlos Kissen und Knochen mit uns. Lilly scheint hier mal gewohnt zu haben, und nachdem ich auf Podencoart den ganzen Zaun inspiziert hatte – leider, kein Loch drin! – hat sie mir die wichtigsten Stellen im Garten gezeigt. Stellen wo man graben darf und Stellen, wo man nicht graben darf, die aber zu diesem Zweck viel geeigneter wären. Und den Gartenteich.

Es war wahnsinnig heiß an dem Tag, also bin ich gleich rein in den Teich. Sind auch Fische drin, aber die habe ich mal drin gelassen. Ich will doch nicht, dass Janny einen schlechten Eindruck von mir bekommt.

Mein Mensch und Herrchen gingen dann später weg, und ich muss sagen, dass wir uns prima amüsiert haben. Ein neuer Garten ist immer spannend. Daisy hat noch ein paar Runden im Teich gedreht, und Lilly hat natürlich den ganzen Garten nach was Essbarem abgesucht. Sie hat dann auch Brotkrumen gefunden, die Janny für die Vögel ausgestreut hatte. Arme Vögel...

Abends kamen sie uns wieder abholen. Und obwohl es mir bei Janny prima gefallen hatte, war ich doch froh, dass ich wieder nach Hause konnte.

Gehorchen lohnt sich...

...Das entdecke ich jetzt in meinem elften Lebensjahr so langsam. Denn ich darf öfter frei laufen als früher, weil ich – zumindest an einer bestimmten Stelle – praktisch immer in der Nähe bleibe.

Beim letzten Freilauf hatte ich trotz Wind und Regen solche Lust zu rennen, dass ich sofort im Rekordtempo den Weg entlang rannte. Mein Mensch sah das und befürchtete das Schlimmste, aber als sie und die anderen Hunde mich – nach einer halben Stunde oder so – endlich eingeholt hatten, war sie angenehm überrascht, dass ich am Wegrand still stand. Und da blieb ich auch stehen. Minutenlang. In der typischen Podencohaltung: eine Vorderpfote hochgezogen, den Kopf schief, Ohren nach vorne. Ich hatte eine Maus im Gras rascheln gehört.

Mein Mensch rief mich, weil sie wieder zurückgehen wollte, und winkte einladend mit der Käsedose.

Da stehst du dann und musst abwägen: Maus oder Käse, Maus oder Käse... Zwischen diesen zwei Möglichkeiten schaute ich eine Weile hin und her, aber dann entschied ich mich doch für den Käse, denn der ist mir wenigstens sicher, die Maus dagegen nicht.

Mein Mensch war sichtlich begeistert von meiner Wahl. Den ganzen Rückweg blieb ich in ihrer Nähe, was mir ziemlich viel Käse und andere Leckerchen eingebracht hat.

Kurz vor dem Auto muss ich immer an die Leine, das weiß ich. Mein Mensch ist da auch ganz deutlich: Zwischendurch ruft sie mich, ich kriege ein Stück Käse, und sie gibt mir wieder „frei". Aber am Ende des Spaziergangs fragt sie: «Bist du fertig?» und zeigt mir die Leine. Dann kann ich selbst entscheiden, ob ich komme oder nicht.

Die letzte Zeit komme ich recht oft, denn dann darf ich den Rest des Käses aus der Dose fressen, die anderen Hunde nicht. Obwohl die immer in der Nähe von meinem Mensch bleiben. Also ganz fair ist das nicht, aber jeder muss sehen, wo er bleibt...

Als wir wieder beim Auto waren, fand mein Mensch, dass ich mich so supergut benommen hatte, dass wir Kaffee verdienten. Sie raucht – ja, ich weiß! – und wie allgemein bekannt ist, herrscht seit dem Juli 2008 ein allgemeines Rauchverbot in Cafés. Nun sollte man erwarten, dass mein Mensch dann halt nicht raucht, aber sie hasst es – übrigens genau wie ich – wenn man ihr Regeln vorschreibt.

Also reagiert sie bockig und setzt sich auf die Terrasse, wenn sie Kaffee trinken geht. Auch im Winter. Das ist natürlich ihre Sache, aber sie nimmt dann auch immer einen von uns Hunden mit. Schleppt dann endlos mit Decken, sodass wir es nicht kalt haben.

Manche Cafés hier in der Nähe haben seit dem Rauchverbot überdeckte Terrassen und Partyzelte, manche davon mit mobilen Öfen.

Kurz und gut, mein Mensch schleppte mich also mit in so ein Partyzelt. Eins ohne Ofen. Hm, fand ich ja weniger gut. Dann legte sie ein dickes Kissen für mich auf den Boden. Aber der Regen schlug in das Zelt rein, und ich wurde nass.

Mein Mensch hat das überhaupt nicht mitgekriegt und fragte die ganze Zeit blöd: «Was hast du denn, Mädchen? Ist doch ein schönes warmes Kissen…». Und sie selbst saß natürlich trocken. Nach einer Weile fiel dann endlich der Groschen – wurde aber auch Zeit! – und sie bettete mich auf ein schönes trockenes Plätzchen.

Okay, so finde ich es auch einigermaßen gemüt-lich, wenn wir schon draußen sitzen müssen. Aber was mich betrifft, sollte so bald wie möglich der Frühling einziehen, oder mein Mensch sollte endlich mit der Raucherei aufhören!

… nicht gehorchen auch

Ort der Handlung ist wieder die Freilaufstelle von meiner vorigen Geschichte, eine Woche später, 4. Februar 2009. Auch diesmal habe ich toll gehorcht, muss ich sagen. Als ein Radler vorbei kam, bin ich schnell zurück zu meinem Menschen gerannt. Sie flippte fast aus vor Freude und hat mich mit Käse voll gestopft. Aber der Grund, warum ich zu ihr laufe, wenn ich Menschen begegne, ist ganz einfach: Ich bin mal von ein paar dieser Exemplare „gefangen" und ins Tierheim gebracht worden. Fand ich nicht so gut…

Als ich in die Felder lief und mein Mensch mich rief, kam ich zurück. Ja, ich war selbst ganz platt und mein Mensch auch. Ich habe echt den vorbildlichen Podenco raus hängen lassen.

Aber dann kamen wir wieder in die Nähe des Autos, und mein Mensch ließ mich immer noch frei. Das hätte sie besser bleiben lassen. Nichts wie weg, ich hörte sie noch rufen und mit der Käsedose klappern. Sorry, ein andermal. Quer Feld ein in vollem Galopp, herrlich!

Aber auf einmal hatte ich die Orientierung verloren und fand das Auto nicht wieder. Und mein Mensch war auch nirgends zu sehen. Das hatten wir doch schon mal?! Auch jetzt bin ich lieber auf Nummer Sicher gegangen und in unserem Stammcafé eingekehrt.

Die Wirtin ließ mich auch gleich ein, und ich fing an zu heulen. Obwohl mein Mensch nur einen Kilometer Luftlinie von mir entfernt war, hörte sie mich nicht. Zum Glück hörte sie wohl ihr Handy klingeln, als die Wirtin sie anrief…

Was für eine Freude, als ich unser Auto hörte, ich musste gleich wieder heulen. Mein Mensch freute sich auch. Sie fand allerdings, dass ich stank. Fand ich gar nicht. Ich sprang sie an und erzählte ganz schnell, was alles passiert war. Sie verstand glaube ich nicht alles; aber als die Wirtin erzählte, dass ich einen großen Bogen gelaufen haben musste, weil ich auf der Straße angelaufen kam, hat sie sich doch ziemlich erschreckt.

Zuhause waren wir alle kaputt und haben uns erst mal aufs Ohr gelegt – ja, mein Mensch auch. War die Couch eigentlich immer so hoch? Ich konnte kaum drauf springen mit meinen müden Knochen.

Der Windhundgott und meine Schutzengel haben wieder mal ihre Hände (oder Pfoten?) über mich gehalten. Und das Gehorchen ist ja ab und zu ganz nett, aber das nicht Gehorchen bringt mehr Spannung in die Bude, und das brauche ich halt als Podenco manchmal.

Ich soll mich schonen

Der Tag fing eigentlich ganz unschuldig an. Ich holte meinen Menschen um viertel nach sechs aus ihrem Tiefschlaf («We are not amused…»); sie ließ uns in den Garten und ging wieder ins Bett. Plötzlich – keine Ahnung, wie das passieren konnte – kriegte ich einen Wahnsinnsstich in den Rücken. Ich blieb ganz still stehen und hoffte, dass mein Mensch schnell wieder runter kommen würde.

Als sie dann endlich raus kam, sah sie gleich, dass es mir nicht gut ging und wollte gucken, was los war. Sie fing an, meinen Körper vorsichtig zu untersuchen. Denkste! Mit mir nicht, ich schrie jedes Mal, wenn sie mich anfasste. Ich stelle mich wirklich nicht an, aber das tat echt höllisch weh. Sie versuchte, mich ins Haus zu bekommen, aber jede Bewegung und jeder Schritt waren mir zuviel.

Irgendwie hat sie es dann doch geschafft, mich ins Auto zu kriegen. Also wenn sie mich jetzt zum Spaziergang mitnehmen will, das kann sie vergessen. No way!

Aber nein, wir fuhren zum Tierarzt. Auch nicht besser. Ich lag auf meiner Decke, mit Hängeohren, den Schwanz zwischen den Beinen und einem Gesichtsausdruck, als ob ich gerade aus der Perrera käme.

Die Tierärztin untersuchte meinen ganzen Rücken und fand – auuuu!!! – genau die schmerzhafte Stelle. «Es ist beim Übergang zum Steißbein», verkündete sie stolz. Na und? Bringt uns das irgendwie weiter?

Dann haben die beiden sich beraten, und sie sahen ziemlich ernst aus. Sie redeten von Hexenschuss oder Bandscheibenschaden, mich schonen, nur in Haus und Garten, nicht spazieren gehen, röntgen und eventuell sogar operieren. Na Mahlzeit!

Ich bekam zwei Spritzen, die ich durch die Schmerzen im Rücken zum Glück gar nicht spürte.

Zuhause hat mein Mensch mein Kinderbett auseinander genommen und die Matratze auf den Boden gelegt, weil ich nicht springen kann und darf. Ich hatte keinen Hunger, aber weil ich doch sooo krank war, bekam ich Hühnerbouillon und gekochtes Hähnchenfilet. Mmmm, das können wir gern beibehalten.

Am nächsten Tag fühlte ich mich schon etwas besser und konnte vorsichtig ein bisschen durchs Haus laufen. Mit dem gekochten Hähnchenfilet war's dann allerdings vorbei («Sie hat ja schließlich nichts am Magen!», meinte mein Mensch. Die ist vielleicht hart!) Ich bekam wohl Leberwurst unter mein Futter gemischt. Wenigstens etwas.

Ich schluckte weiterhin brav meine Schmerztabletten, und schon bald durfte ich wieder mit nach draußen. War aber nicht so toll.

Die ersten Tage waren am schlimmsten. An einer ganz kurzen Leine (einen Meter, ja, ehrlich!) durfte ich eine Runde durchs Viertel machen. Mein Mensch hatte bedacht, dass sie mich besser an „faden" Stellen ausführen konnte, damit ich nicht in die Versuchung komme, einen Mäusesprung zu machen, das darf ich nämlich noch nicht. Na, super! Langweiliger geht's wohl nicht.

Nach ein paar Tagen gingen mir diese langweiligen „Spaziergänge" so auf den Geist, dass ich auf die Fensterbank sprang, um zu zeigen, dass es mir wieder besser geht.

Da ist mein Mensch auch drauf reingefallen, zumindest teilweise, denn ich durfte wieder mit auf die normalen Spaziergänge, allerdings an einer zwei Meter langen Leine. Als ich einen Mäusesprung machte (ja, echt, das geht an zwei Metern, müsst ihr mal ausprobieren!) zog es aber wieder ganz schön im Rücken.

Nach einer Woche fuhren wir zum Heidesee, und ich jodelte vor Glück. War aber nichts. Mein Mensch hat mir leider wieder die zwei Meterleine verpasst.

Am Seeufer entdeckte ich eine Ente, und ehrlich wahr, wenn die Leine nur etwas länger gewesen wäre, dann hätte ich sie gehabt.

Meine Kollegen hinterher natürlich, und ich konnte nichts anderes machen, als mich auf die Hinterbeine stellen (wohl auch nicht so super für meinen Rücken vielleicht...?) und sie mit lautem Bellen anfeuern. Trotzdem hatten sie keinen Erfolg. Zum einen sind sie viel zu langsam, und dann geben sie es auch schon nach hundert Metern auf, besonders wenn die Ente ins Wasser flüchtet.

Kurz und gut, jetzt habe ich also vorläufig ein sehr langweiliges Leben. Die Leine wird zwar jeden Tag ein Stückchen länger gemacht («Langsam auf-bauen!», sagte die Tierärztin, und mein Mensch nickte brav), aber die Ausziehleine liegt wohl noch in einer unbestimmten Zukunft. Und den Freilauf kann ich vorläufig auch knicken. Seufz.

Die Geschichte ging dann noch weiter. Ab und zu schrie ich immer noch auf vor Schmerzen, und mein Mensch schleppte mich zu einer Art Wunderheiler. Der schaute mich an und sagte gleich, dass einige Wirbel verschoben waren.
Dann hat er Stück für Stück alle Wirbel am Rücken abgetastet, nuschelte «Der Wirbel ist okay ... dieser ist verschoben...» und drückte – zack! - die verschobenen Wirbel wieder an ihren Platz zurück. Tat nicht mal weh.
Und seitdem geht's mir wieder richtig gut!

Oma Wurst

Oma Wurst ist so was wie der Weihnachtsmann: Man hört viel darüber, aber weiß nicht, ob es ihn wirklich gibt.
Ab und zu fahren meine Leute weg. Die zwei Kleinen nehmen sie mit, und wir anderen müssen zuhause bleiben. Wenn sie zurückkommen, erzählen Daisy und Lilly mir dann vom Schlaraffenland. Wenn sie in die Wohnung kommen, gehen sie sofort in die Küche, und da steht Oma und teilt Fleischwurst aus. Nicht so geizige Winzigteile, wie mein Mensch sie

uns ab und zu gibt, sondern so viel sie wollen. Sie gehen da auch spazieren, und wenn sie zurück kommen, kriegen sie wieder Wurst. Mensch, super!

Aber ich weiß nicht so recht, ob ich das alles glauben soll. Ist das wirklich wahr oder doch nur Jägerlatein, um mich neidisch zu machen?

Wenn's wahr ist, würde ich zu gern mal mitfahren. Aber die nehmen mich ja nie mit. Ich weiß wirklich nicht, warum, wo ich doch ein so gut erzogener Hund bin.

Obwohl... ich kann mich erinnern, dass meine Leute uns mal alle mitgenommen hatten in ein riesiges Haus mit riesigem Garten. Das ist schon ewig her, da waren Rubis und Flits noch mit dabei. Da kriegten wir Kartoffeln mit ganz leckerer Soße, das weiß ich noch.

Und ich erinnere mich auch daran, dass ich sofort alle Treppen rauf gerast bin, rein ins Schlafzimmer und es mir im Bett mit einem Plüschtier, das da rum lag, gemütlich gemacht habe. Die Frau des Hauses fand das überhaupt nicht gut.

Ob das bei Oma Wurst war? Nun ja, wenn das so ist, kann ich schon irgendwie verstehen, warum sie mich nicht mehr mitnehmen.

Schade eigentlich.

10 Jahre Podencozeitung

Mein Mensch gibt die Podencozeitung zwar heraus, aber nun mal ehrlich: Ohne mich gäbe es gar keine Podencozeitung, und mein Mensch hätte nicht immer wieder Stoff für neue Geschichten, und Bücher hätte sie schon gar nicht geschrieben.

Ich habe in den zehn Jahren viel mitgemacht, habe Hunde kommen und manche auch wieder gehen sehen. Vor allem bei Flits tat das weh, er war schon da, als ich kam, vor elf Jahren. Auch wenn ich mir das nicht so anmerken ließ, war er doch mein Kumpel.

Ich habe zig Kurse mit dem Menschen besucht, weil sie eben unbelehrbar ist, habe Haus und Garten renoviert und die halbe Provinz unsicher gemacht... oh ja, und den Morvan in Frankreich auch.

Ich habe den trägen niederländischen Kaninchen gezeigt, was ein richtiger Podenco ist, und habe meinem Menschen etwas beigebracht, was sie noch nicht kannte: Geduld!

Ich bin mit in Urlaub gewesen und habe auch zuhause Urlaub mit meinen Dogsittern gehabt. Ich habe meinem Menschen viel beigebracht in den zehn Jahren, vor allem, dass sie endlich mal aufhören muss, an mir rum zu erziehen ... mit wechselndem Erfolg.

Und ich habe brav meinen Beitrag an der Podencozeitung geliefert in Form meiner eigenen Rubrik.

Es haben viele Geschichten drin gestanden über ganz viele Hunde. Brave, gut erzogene Podencos (diese Langweiler) und über tolle Podencos wie mich. Viele Leute sind erst durch unsere Website dahinter gekommen, dass sie einen Podenco hatten; und die haben dann auch in der Zeitung meine Abenteuer und die meiner Artgenossen verfolgt.

Im Laufe der Zeit kamen auch immer mehr Geschichten über die Langnasen dazu, die Greyhounds und Galgos. Hm… fand ich ja nicht so toll, aber viele Leute finden diese Hunde Klasse.

Ja, mein Mensch auch. Ganz wild von Bonita ist sie. Keine Ahnung warum, denn sie haut nie ab, jagt nicht, macht nichts kaputt, also was da so toll dran sein soll?

Ab und zu wurde auch ein Zuhause für Hunde gefragt, denen es noch nicht so gut ging wie uns. Und natürlich hat mein Mensch ab und zu ihre so genannten „Kenntnisse" über uns Podencos auf die Leser los gelassen. Na ja, Kommentar überflüssig, nicht?!

Und dann geht jetzt die Podencozeitung ihrem Ende entgegen. Ist auch Zeit, nach zehn Jahren. Dieses Buch ist sozusagen meine Abschiedsvor-stellung, zumindest was meine Karriere als Autor betrifft. Denn ansonsten hoffe ich noch lange aktiv zu bleiben... und meinen Menschen zur Weißglut zu bringen.

War gezeichnet: Dunya

Dunya 1998 und 2014

Ich bin's: Dunya

Die Podencozeitung gibt's nicht mehr, also eigentlich gibt es gar keinen Grund für eine neue Kolumne. Trotzdem muss ich mich noch mal zu Wort melden.

Oft habe ich euch von meinen Erziehungsversuchen berichtet, die fast alle jämmerlich gescheitert sind. Aber jetzt auf einmal, wo ich es schon fast nicht mehr erwartet hätte, scheinen sie endlich von Erfolg gekrönt zu werden: Mein Mensch gönnt mir täglich meinen Freilauf. Dreizehn Jahre habe ich darauf warten müssen, aber immerhin. Besser späte Einsicht als gar keine.

Der Freilauf findet ausschließlich auf der Heide statt, aber das ist nicht so schlimm, denn sie grenzt an ein riesiges Maisfeld, sodass ich eine gute Alternative habe, wenn's mir auf der Heide zu langweilig wird.

Heute brauchte ich aber gar nicht in die Felder auszuweichen, denn auf der Heide war es super! Mein Mensch und meine Kumpels drehten ihre Runde, die eine Dreiviertelstunde dauert. Ich hielt wie üblich meist Blickkontakt und konnte das zufriedene Grinsen auf dem Gesicht meines Menschen sehen, wenn wir alle über die Heide rasen.

Nach einer Weile, nachdem ich mir schon ein paar Mal Leckerchen abgeholt hatte, zeigte mein Mensch mir die Leine und fragte, ob ich fertig sei. Das macht sie immer so, dann kann ich selbst entscheiden, ob ich noch weiter rennen will oder nicht; und oft habe ich dann auch genug und komme brav an getrottet. Man ist ja nicht mehr die Jüngste. Heute nicht.

Ich sah, wie sie alle Richtung Parkplatz gingen und hörte meinen Menschen noch sagen: «Dunya kommt bestimmt auch gleich». Tut mir leid, heute habe ich andere Pläne.

Eine Stunde, zwei Wurstschnitten und drei Sudoku-Rätsel später kam mein Mensch wieder. Inzwischen hatte ich einen super-interessanten Kaninchenbau gefunden und mit dem Ausgraben angefangen. Ich passte schon mit dem ganzen Körper rein. Darum gab ich mir alle Mühe, mich bloß nicht sehen zu lassen. Geschafft! Sie hatte mich nicht gefunden und lief weiter, und ich konnte meine Arbeit wieder aufnehmen.

Nach einer weiteren Stunde musste ich doch mal kurz raus zum Luftholen und um meine alten Knochen zu strecken. Und wer steht da auf dem Pfad? Mein Mensch, und dieses Mal hat sie mich gesehen. Mist! Sie war noch mal los gezogen, weil sie nach drei Stunden Angst bekam, ich könne vielleicht irgendwo feststecken.

Sie rief mich und erwartete anscheinend, dass ich kommen würde. Ging aber nicht, ich hatte ja noch eine Menge Arbeit. Also wieder rein in meine unterirdische Villa. Mein Mensch stieg auf einen Hügel, von wo aus sie eine gute Übersicht hatte, und ich hörte sie sagen: «Das gibt's doch nicht, eben war sie noch hier. Sie kann sich doch nicht in Luft aufgelöst haben...».

Leider hat meine weiße Schwanzspitze mich dann aber doch verraten, und mein Mensch fand den Kaninchenbau. Als ich gerade mal wieder raus kam, hat sie mich - ohne geziemende Bewunderung für meine kreativen Erdarbeiten - kurzentschlossen angeleint. Das war nicht fair, dieses Mal hat sie nicht gefragt, ob ich fertig bin. Sonst hätte ich mit einem entschlossenen *Nein* geantwortet!

Mein Mensch möchte gern noch hinzufügen, dass ich nicht nur völlig verdreckt war, sondern dass die Muskeln meiner Hinterbeine ganz schön zitterten und ich kaum noch in der Lage war, zum Auto zurückzulaufen. Und dass das Ganze teilweise in strömendem Regen und Hagel stattfand, was mir persönlich nicht so erwähnenswert erschien. Aber mein Mensch ist und bleibt nun mal kleinlich!

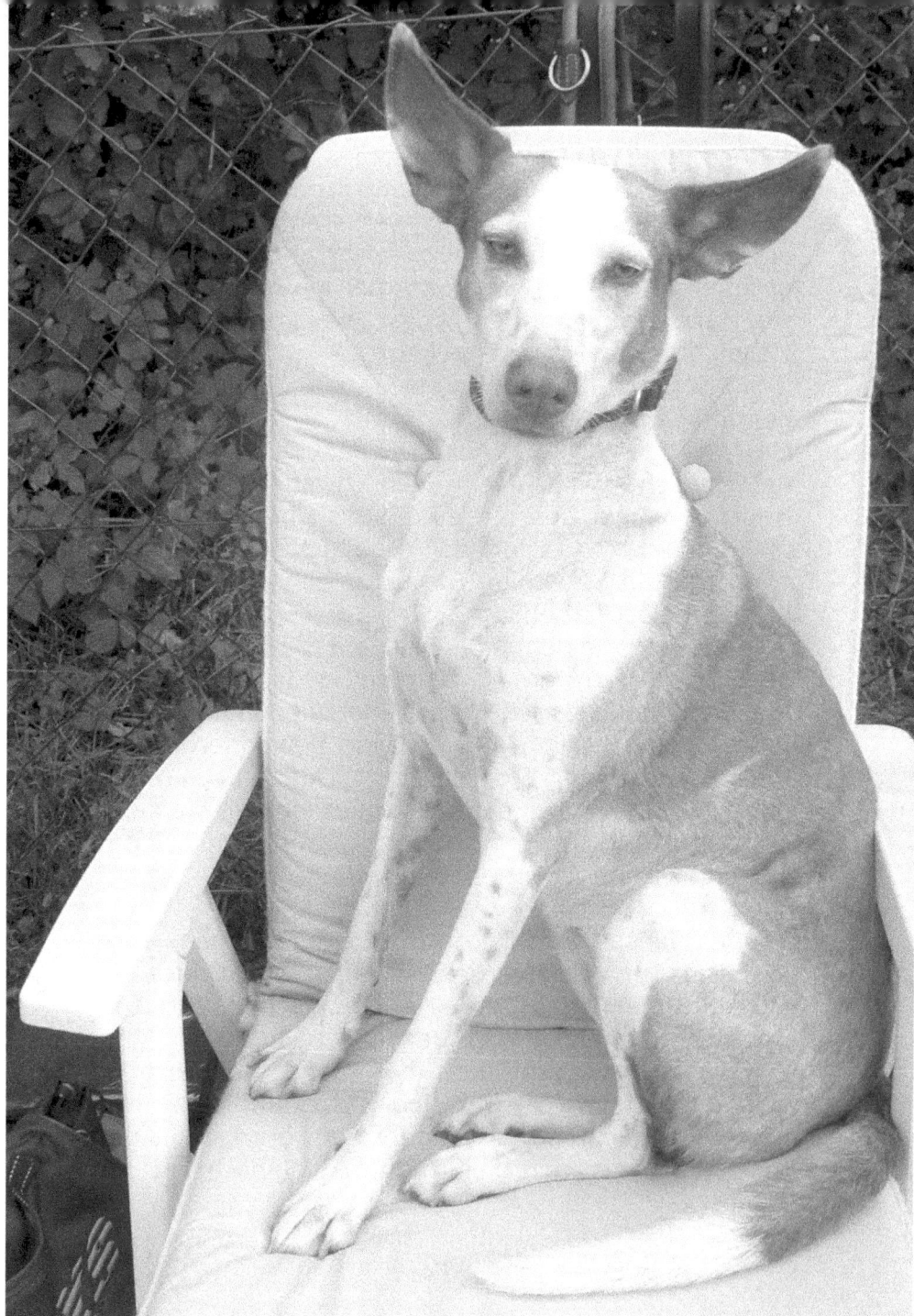

Jetzt habe ich euch aber lange genug zu getextet. Ich möchte dem kleinen Frauchen und Herrchen noch Gelegenheit geben, euch ihre Meinung über mich zu erzählen. Die haben sie nämlich aufgeschrieben, als 2009 die letzte Ausgabe der Podencozeitung herauskam.

Eine Bitte habe ich noch: Leider ist in vielen Ländern das Leben meiner Artgenossen kein Fest. Bitte, vergesst sie nicht! Auch eine kleine Spende kann schon einen großen Unterschied machen.
Eine Liste mit Vereinen findet ihr unter anderem bei den Links auf der Homepage meines Menschen: www.podenco-de.weebly.com

Mein Mensch macht auch mit und spendet die Hälfte des Verkaufserlöses dieses Buches an einen guten Hundezweck.

Danke!

Die Hunde meiner Mutter

Mein Name ist Mira. Ich bin Judys Tochter und wohne in Rotterdam. Wie ihr wisst, liebt meine Mutter Tiere, vor allem Hunde und dann vor allem Podencos. Weil sie Hunde liebt, schart sie so viele wie möglich um sich herum. Das gefällt mir, denn wenn ich meine Mutter besuche, werde ich von den verschiedenen Vierbeinern mit Liebe überschüttet. Da kommt man gern nach Hause.

Ich selbst habe nur Katzen, weil ich in der Stadt wohne und viel weg bin. Und – der Apfel fällt nicht weit vom Stamm – es täte mir zu leid, einen Hund den ganzen Tag allein zu lassen.

Meine Mutter hatte nicht immer Hunde. Der Erste kam, als ich ungefähr dreizehn Jahre war, die Pyrenäenhündin Rubis. Einige Monate später kam Nummer zwei, Flits, aus dem Tierheim.

Vom ersten Tag an kam ich unheimlich gut mit Flits aus, wir liebten uns und waren echte Kumpel. Rubis und Flits waren beide „Verstoßene", denen meine Mutter ein neues Leben geschenkt hat. Beides nette Hunde, die (meist) gut gehorchten.

So weit, so gut. Und dann kam Dunya. Ein Podenco, euch allen bekannt, mit den dazu gehörigen Streichen.

Als sie bei uns einzog, war ich fünfzehn Jahre alt und hatte noch nie einen Podenco erlebt. Für mich war es, vorsichtig ausgedrückt, gewöhnungsbedürftig.

Ich wohnte damals noch zuhause und musste nun mein Haus mit einem Hund teilen, der alles kaputt machte, was er zwischen die Pfoten bekam. Ein Hund, der nicht gehorchte, abhaute und meine Brote vom Teller klaute, wenn ich nur kurz in die Küche ging. Ich hatte doch keine Ahnung, dass ein Podenco kein „normaler" Hund ist. Das Leben meiner Mutter und das meine sind nach Dunyas Einzug nie mehr wie früher gewesen.

Meine Mutter lief förmlich über vor Liebe zu diesem Zerstörungsmonster, und was Dunya auch ausgefressen hatte, meine Mutter blieb dabei, dass es „so ein phantastischer Hund" sei. Ich dagegen lief über vor pubertärer Wut und konnte Dunya absolut nichts Positives abgewinnen.

Als ich älter wurde, begann ich auch den sprechenden Kopf zu sehen, mit dem Dunya manchmal beinahe menschliche Emotionen ausdrücken konnte. Aber als Teenager sah ich nicht ihren lieben Charakter und ihren Humor. Ich sah nur all die Streiche, die sie uns tagtäglich spielte.

Eines Tages, als ich von der Schule nach Hause kam, sah ich, wie Dunya in mörderischem Tempo aus meinem Zimmer gefegt kam. Mit klopfendem Herzen trat ich ein und fand die Hälfte einer hölzernen Buddha-Statue mitten im Zimmer auf dem Boden. Die andere Hälfte fand ich später in Dunyas Korb.

Ich explodierte vor Wut und schrie meine Mutter an, sie solle endlich diesen „schrecklichen Hund" erziehen. Worauf meine Mutter – die nun mal kaum aus der Ruhe zu bringen ist – antwortete, dass so was nicht passieren würde, wenn ich meine Zimmertür geschlossen hielt, was sie mir schon wiederholt geraten hatte.

Der Rauch kam mir sprichwörtlich aus den Ohren über so viel Ungerechtigkeit, und ich stampfte in mein Zimmer, „um nie mehr raus zu kommen!".

Damals ging ich auch nie mit spazieren. Ich hatte wichtigere Beschäftigungen. Manchmal Hausaufgaben, aber öfter mit meinen Freundinnen telefonieren und im Dorf abhängen. Wäre ich mal mitgegangen, hätte ich viel früher gemerkt, wie herrlich es ist, mit den Hunden durch den Wald zu laufen. Sie rennen zu sehen, und dann vor allem Dunya mit ihren verrückten Sprüngen. Das ist es nämlich, was ich heutzutage unglaublich genieße, wenn ich meine Mutter besuche.

Dunya haut beim Freilauf immer noch regelmäßig ab, aber jetzt kann ich dafür mehr Verständnis aufbringen. Sie ist inzwischen etwas ruhiger geworden und ich erwachsen, und jetzt kann ich sie schätzen um was sie ist: ein eigensinniger Hund mit einem ganz besonderen Charakter, der meine Mutter die letzten zehn Jahre (fast) jeden Tag glücklich gemacht hat. Danke, Dunya!

Mira Kleinbongardt

Toms Blick auf Dunya

Als Judy im Oktober 2009 mit gemischten Gefühlen die letzte Ausgabe der Podencozeitung gestaltete, fragte unsere Tochter, ob sie auch einen Beitrag dazu schreiben sollte. Das Lesen von Miras Geschichte brachte mich, Judys Partner, auf die Idee, dann doch gleich eine „Familienausgabe" herauszubringen.

Wie Mira hatte auch ich meine Zweifel über den Einzug eines weiteren Hundes. Wir hatten schon zwei Hunde und dazu einige Katzen. Ich fand das genug. Aber Judys begeisterte Berichte über das - damals noch völlig unbekannte - Phänomen Podenco haben mich schließlich umgestimmt.

Anstelle von „Phänomen" kann man auch von „Naturereignis" sprechen, wenn man einen Podenco qualifizieren will, oder in Dunyas Fall von einer – lieben – Katastrophe auf Pfoten. Eigentlich alles außer einfach „Hund". Diejenigen unter Ihnen, die so ein „Sensibelchen mit den großen Ohren" haben, werden mir zustimmen, dass der Begriff „Hund" die Ladung absolut nicht deckt.

Dunya kam, sah und hat innerhalb kürzester Zeit unser bis dahin recht ruhiges und normales Leben auf den Kopf gestellt und vollständig außer Kontrolle geraten lassen. Die treuen Leser der Podencozeitung haben in „Dunyas Blick auf die Welt" schon so einiges an Abenteuern gelesen, aber seien Sie versichert, dass dies lediglich die Spitze des Eisberges ist. Dunya hätte problemlos täglich eine Rubrik mit ihren Erlebnissen füllen können.

Persönlich habe ich, umgerechnet, in den letzten elf Jahren ungefähr anderthalb Monate auf „unseren Podo" gewartet. Gegen alle Vernunft, aber weil sie es so genoss, bekam sie immer wieder ihren Freilauf. Manchmal – eigentlich recht oft – kamen wir zeitgleich zum Auto zurück. Aber manchmal – eigentlich recht oft – habe ich im Auto stundenlang auf Dunya gewartet. Die erste Stunde noch gelassen, die zweite Stunde sauer, danach nur noch besorgt. Es wird ihr doch nichts passiert sein...

Meist kam sie selbst wieder zurück. Aber auch die Polizei, Förster, Nachbarn, sogar der Bürgermeister eines kleinen französischen Dorfes haben schon mitgeholfen, sie wieder sicher nach Hause zu bringen.

Im Laufe der Jahre habe ich auch viel Erfahrung beim Beruhigen aufbrausender Mitarbeiter des Forstamtes gesammelt. Und wenn ich Dunya, nach Stunden der Unsicherheit, dann endlich wieder hatte – glücklich, nass und schmutzig – fand ich es allemal der Mühe wert. Sie so fröhlich und zufrieden zu sehen, bestätigte mich dann wieder in meiner Überzeugung, dass ein Podenco solche Momente – na ja, „Momente"... – einfach braucht, um glücklich zu sein.

Dunya ist jetzt zwölf Jahre alt, was für einen durchschnittlichen Hund ein respektables Alter ist. Eine gewisse Lethargie, keine großen Über-raschungen mehr; und zwei Mal am Tag eine kleine Schnüffelrunde reicht den meisten Hunden dieses Alters.

Nicht so unserer Duneke, wie wir sie liebevoll nennen...

In den beinahe zwölf Jahren ist ihr Fell fast weiß geworden – meins auch, und ich bin davon überzeugt, dass Dunya diesen Prozess erheblich beschleunigt hat. Aber an Lebensfreude und Streichen hat sie nichts eingebüßt.

«Der Hund kostet mich fünf Jahre meines Lebens!», habe ich oftmals gestöhnt. Vor allem wenn ich wieder mal meine Schlüssel suchen musste, die sie aus meiner Jackentasche geklaut hatte. Oder bei drei Grad unter Null Stunde um Stunde auf sie warten musste. Oder als sie beim Anstreichen einen Farbeimer umwarf. Oder...

Aber ich hätte diese Erlebnisse um nichts in der Welt versäumen mögen.

Judy - und natürlich Dunya - danke für dutzende schöner, spannender und rührender Abenteuer. Leben mit einem Podenco, immer ist irgendwas los, und langweilig ist es nie!

Tom van der Laan

Möchten Sie nach dem Lesen mehr über den Podenco erfahren? Vielleicht interessiert Sie dann dieses Rassebuch:

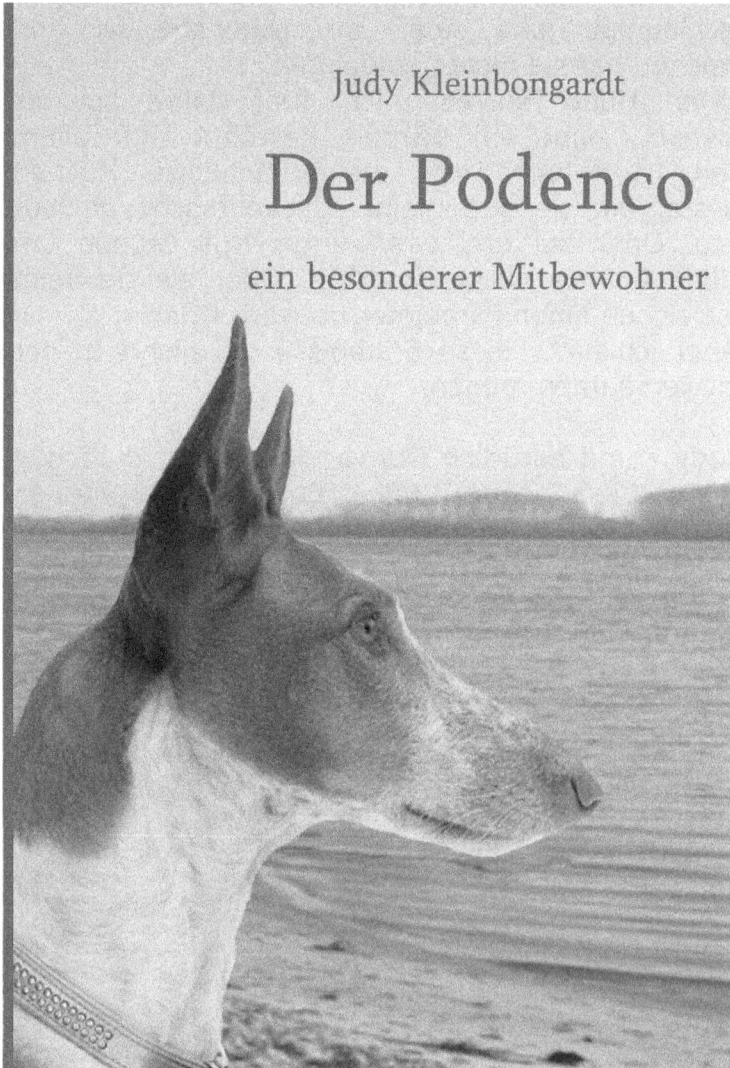

Judy Kleinbongardt

Der Podenco

ein besonderer Mitbewohner

Seit Juli 2014 gibt es das Buch in überarbeiteter Auflage.

Es ist sowohl für „eingefleischte" Podencoliebhaber geeignet als auch für diejenigen, die sich erstmals mit der Rasse beschäftigen. Es zeichnet sich durch seine Praxisbezogenheit aus, die durch viele Erfahrungsberichte unterlegt wird; ebenso durch die wunderschönen Fotos, die von Privatpersonen und von (semi-)professionellen Fotografen zur Verfügung gestellt wurden.

Der Tierschutzaspekt steht im Vordergrund, sodass sich das Buch mit den aus Spanien aufgenommenen Podencos beschäftigt und nicht auf Hundeausstellungen, Welpenaufzucht und so weiter eingeht.

Aus dem Inhalt:

Tatsachen und Vorurteile, Ursprung, Der ideale Podencomensch, Der "Alpha"-Mythos, Verhalten im Haus, Rassebeschreibungen, Mentale Stimulation, Entscheidung mit Herz oder Verstand?, Kommen oder weglaufen?, Pflege und Gesundheit, Der Clicker, Freilauf: Ich seh, ich seh, was du nicht siehst

Das Buch umfasst 360 Seiten, ist im A5-Format auf glänzendem Fotopapier gedruckt und enthält Informationen, Erziehungstipps, Erfahrungsberichte aus der Praxis und 317 Farbfotos.

Es kostet 26,50 Euro einschließlich Versandkosten innerhalb Deutschlands.

Zu bestellen über www.podenco-de.weebly.com

Auf dieser Website finden Sie auch die Unterschiede zur Erstausgabe aufgelistet sowie Reaktionen von Lesern aus Deutschland, Österreich, der Schweiz, Belgien und den Niederlanden.

Wenn Sie Lust auf mehr Geschichten haben, sind diese Bücher vielleicht etwas für Sie:

Alle Leinen los!

Judy Kleinbongardt

Nach *Mein Leben mit Hunden*, Teil 1 und 2 (beide Bücher sind inzwischen ausverkauft), ist *Alle Leinen los!* das dritte Buch dieser Autorin. Auch in diesem Buch beschreibt sie alltägliche Begebenheiten und Abenteuer mit ihren – teilweise aus dem Ausland stammenden – Hunden. Der beeindruckende Mastin, die eigensinnige Podenca, der sanftmütige Greyhound, der kleine Malteser und die anderen Hunde nehmen Sie auf lebendige Weise mit in eine Hundewelt voller lustiger und rührender Geschichten.

In den 79 Kurzgeschichten, teilweise mit Fotos versehen, werden Hundefreunde sich gewiss wieder finden und so manche gemütliche Lesestunde damit verbringen.

Das Buch enthält auch Geschichten aus der Reihe „Dunyas Blick auf die Welt", in denen die eigensinnige Podenca aus ihrer Sicht verschiedene Alltags-situationen schildert.

Alle Leinen los! enthält 22 Schwarz-Weiß-Fotos, 3 Farbseiten und kostet 11,90 Euro.

Es ist als Taschenbuch erschienen bei BoD.de und zu bestellen in Ihrem Buchhandel vor Ort und bei verschiedenen Internetbuchhandlungen, wie zum Beispiel www.bol.de und www.amazon.de. *
ISBN-Nummer 978-3-8391-6150-0

* Lassen Sie sich durch den Zusatz „Derzeit nicht auf Lager" nicht abschrecken. Das Buch wird gedruckt, sobald eine Bestellung vorliegt.

Judy Kleinbongardt

Tornado auf vier Pfoten

Mein Leben mit Podenco Dunya

«Sie kam, sah und stellte mein Leben auf den Kopf!»

Das Leben mit einem Podenco ist eine Herausforderung; manchmal frustrierend, oft lustig, meist anstrengend, immer interessant und niemals langweilig!

Als junge, ungestüme Podenca wirbelte Dunya 1998 in das Leben der Autorin. Damit begann eine ungewöhnliche "Liebesgeschichte", und nachdem Dunya sie im hohen Alter von 16 Jahren verlassen hatte, hat Judy Kleinbongardt ihre Erinnerungen an sie, ergänzt mit Kurzgeschichten und Auszügen aus Tagebüchern, in diesem Buch festgehalten: die persönliche Geschichte ihres gemeinsamen Lebens.
Die glücklichen Momente, die lustigen Situationen, aber auch die Mutlosigkeit und Frustration, mit denen die Erziehungsversuche einhergingen, geben einen ehrlichen Blick hinter die Kulissen des Zusammenlebens mit diesem besonderen Hund.

«Ein Podenco bringt nicht nur Freude mit sich, aber er wird Ihr Leben bereichern!»

Tornado auf vier Pfoten ist bei bod.de als Taschenbuch erschienen, umfasst 228 Seiten und kostet 9,50 Euro zzgl. Versandkosten.
Es ist zu bestellen im örtlichen Buchhandel, direkt beim Verlag www.bod.de oder bei www.buecher.de (versandkostenfrei) sowie www.amazon.de.
ISBN-Nummer 9783738612950

Das Buch ist auch für 5,49 Euro als E-book erhältlich (ISBN 9783739290676).

9 783738 659436